ジャンゴリウムにて

「いよいよ彼の演奏だよ」

わかってますわ、とセルマは答えた。おせっかいなこの男と暮らすようになってはや五年になる。男の名はジャンゴ西川《にしかわ》。あの天才ジャズ・ギタリストのジャンゴ・ラインハルトに憧れてそんな芸名にしたのだとか。だが、才能は本家のつま先にも及ばない。彼にあるのは音符を丁寧になぞる才能と、親から受け継いだチェーン店のピザ屋を十倍の規模に拡大する商才だけだった。

ジャンゴ西川は資産家だ。〈ピザって十回言って。はい、十枚お買い上げですね〉のフレーズでおなじみのCMに、自身がギター片手に下手な歌まで披露して出演している。だが、そのCMは埼玉地方限定であり、ほかの県では無名も同然。セルマは先のCMでも、西川と一緒にカメラに写らされた。あんなひどいCMに使われるなんて。

けれど、彼が道楽でたしなむナイトキャバレー〈ジャンゴリウム〉は、ごますり顧客でいつも満席だった。調子外れのジャンゴ西川の歌声にも大きな拍手が巻き起こる。

まあそれはいいのだ。西川はセルマを愛しているし、セルマも今は彼の寵愛《ちょうあい》のもとで幸せなのも確かなのだから。問題は、今夜彼が何を思ったか、あの男に〈ジャンゴリウム〉のステージへの出演依頼をしたことだ。あの男……そう、いままさにステージに上がっている佐木山義徳《さきやまよしのり》に。天才ギタリストの名をほしいままにしながら、テレビ出演の前には決まって呑《の》んだくれてディレクターと喧嘩《けんか》し、あらゆるマスメディアから出入り禁止を喰《く》らった男。大ホールに観客が集まっても二日酔いで現れないことも多かった。

数年の間に、佐木山が演奏できるホールは都内にほとんどなくなってしまったが、それでも彼は気にしなかった。小さなホールであっても、彼が演奏するとなれば必ず満席にできる自信があったからだ。そう、あの日までは……。

なぜ彼のことをセルマがよく知っているかと言えば、セルマは当時佐木山と暮らしていたのだ。佐木山の目茶苦茶にいつも付き合わされた。彼がまったく売れなかった時代から、売れだして生活が荒れ狂う時期に至るまで、そのすべてをセルマはすぐそばで見てきた。だから、佐木山のすごさも、弱さも、何もかも知っている。彼は緊張屋なのだ。緊張するからアルコールの力に頼る。ところがその繰り返しのためにすっかりアルコールの奴隷になり果て、いくつもチャンスを棒に振るようになった。それでもセルマは彼が好きだった。愛していた。一生彼のそばにいてその才能がどんな結末を迎えるのかを見届けたいと、そう思ってきた。

だがあの日、佐木山はセルマの首を摑《つか》み、あらんかぎりの力で壁に投げつけた。あまりの力にセルマの身体《からだ》は悲鳴を上げ、心は砕け散った。絶望よりも圧倒的な哀《かな》しみがセルマを支配していた。もう終わりだ、と思った。

警察がやってきてなおも暴れようとする佐木山を取り押さえた。それが、彼を見た最後となった。彼が留置所にいる間に、昔から親子のようにセルマを可愛《かわい》がってくれていた樹野《きの》さんがやってきた。樹野さんは、もうセルマを佐木山と会わせる気はないと言った。本当にセルマを大切にしてくれる人のもとで幸せになるべきだ、と彼は考えているようだった。本音では、セルマはもう一度佐木山のもとへ戻りたかった。どんな目に遭っても、彼から離れたくなかった。最後まで彼を見届けるのだ、と……。けれど、一週間後、樹野さんの作業場に現れた男がセルマを見初めた。

その男こそが、今、セルマに腕を回し、バーカウンターで酒を飲んでいるジャンゴ西川だ。

ジャンゴ西川はセルマのボディラインを誉《ほ》めそやし、発する声に感心した。彼は何度も佐木山の公演に訪れていた熱心な観客の一人でもあった。

西川は、佐木山に愛された過去ごとセルマを受け入れたのだ。恐らくはギタリストへのリスペクトが、付随物への愛に昇華したのだろう。そして今夜、佐木山をステージに呼んだ。

噂《うわさ》によれば、ここ数年の佐木山は酒をやめて工場で働いており、ステージに立つこともほとんどなかったのだとか。それを聞きつけた西川が、工場なんか辞めてうちのスタッフになれ、と話したのが一カ月前。西川はじっと佐木山の働きを観察し、もうドタキャンを繰り返すかつての佐木山ではないと判断してからオファーを出したらしい。

ステージに現れた佐木山は、客席には目もくれず、静かにギターを構えた。

一曲目は、「ヌアージュ」。ジャンゴ・ラインハルトの代表曲を選んだのは、ジャンゴ西川への謝意の表れか。久々に聴く彼の演奏は前にも増して音が澄みわたっており、壁や床を伝って体内にまで心地よく響いた。ああこの感覚。これだわ。セルマはたまらなくなる。もうすっかり忘れたと思っていたのに、今すぐにでも佐木山のそばに行きたくなった。いよいよ最後の一曲、「ジャンゴロジー」。そこで思いがけぬことを西川が言ったのだ。「おい、佐木山、この子をかわいがってやれよ」歓声が起こる。佐木山がセルマの存在に気づいたようだ。

ステージから笑顔の佐木山が迎えにやってきてセルマを抱きかかえた瞬間、時計の針はゆっくりと巻き戻り、すべてがあの頃のままに輝き出した。

彼はセルマを抱いてステージに戻ると、その首を左手で持ち、ボディを右手で抱え、弦をつま弾いた。佐木山が奏でる時にしか出せない音がある。客席で嫉妬混じりに眺めている西川の視線に背徳感を抱きつつ、この瞬間を謳歌《おうか》せずにはいられなかった。これぞ、ジャンゴにも愛されたギター〈セルマ〉に生まれた喜び。

やっと会えた。愛《いと》しのギター弾きに。

ネクタイ

慣れないネクタイを巻きつけて式場の入口を通ったものの、どうしていいのかわからなかった。自分の生が終わり、暗い海にでも乗り出す前日のような、そんな気分だった。

式が始まる前、集まった男たちは萌奈《もな》を囲んで嘆き、ときに「あまりに早すぎる」と嗚咽《おえつ》を洩《も》らした。街のマドンナである萌奈の運命を変えてしまったのは、交通事故だった。救急車の音を聞いたときに胸騒ぎがしたのを覚えている。もしかしたら、という気はした。

「おまえの初めてのネクタイ姿がまさか今日とはな」

萌奈の父の義男《よしお》さんが、僕を見つけて肩を叩《たた》いた。心なしか小さくなった彼に深々と頭を下げ、このたびは……と言いかけたが、義男さんは「やめようや。それより、萌奈を見てやってくれ」と涙ぐみながら言った。

僕はそれで義男さんの気が済むのなら、と思って彼女の顔を確かめた。化粧を施された彼女は、輝いていた頃そのままに見えた。さまざまな後悔が脳裏をよぎる。

そこへカナ先輩がやってきた。中学時代のバレー部の部長で、萌奈は彼女に可愛がられていた。

「萌奈のバカ……順番を守ってよ！　あなただけ先に行かないで！　萌奈！」

あまりに大泣きするカナ先輩を僕たちがみんなで宥《なだ》めた。義男さんが僕に目で合図をしたので、外へ出た。義男さんは煙草《タバコ》をくわえ、僕にも一本勧めてきた。

「この町の人間、誰一人こんな日がくるとは思わなかっただろうな」

「だと思います。みんなの萌奈さんでしたから」

義男さんの笑みはいつも弱々しく、見るものを悲しい気持ちにさせるが、この日は特別だった。喪失感でいえば、義男さんがいちばん大きいであろうに。

「おまえが心配だよ。萌奈はいつかおまえと……。萌奈だって同じ気持ちだったはずだ」

「それは僕にはわかりません」

先月一度だけ、萌奈と二人でデートをした。大学を卒業してまもなく、新しい仕事にも慣れて、ようやく心に余裕ができた頃だ。僕と萌奈は山の上にある見晴らしのいい公園で六時間ほど過ごした。昔一緒によく遊んだ場所だ。僕らは、子どもの頃からのあれやこれやの出来事を語らった。何しろ幼稚園から高校までずっと一緒だ。共通の話題なら腐るほどあった。でも話題がありすぎるというのも困ったもので、たった一つの、とても大切な問題について、なかなか語り出す勇気が持てなかった。

——会社の辞令で東京本社に行くことになったわ。

——そうなんだね。コンピュータの会社だっけ？　すごい出世だな。

そのあと、しばし沈黙があった。一分、二分、もっとだったかも知れない。あのとき、もっとほかの言葉を伝えていれば、あるいは萌奈は——。

義男さんが会場に戻ると、バイクの音がして、住職の鈴木《すずき》さんが到着した。鈴木さんは周囲の様子を窺《うかが》うようにきょろきょろしてから、僕の耳元に囁《ささや》くように言った。

「心中お察しするよ。君も自分を大事にしなさい。誰だってつらい時は心や身体《からだ》の調子を崩しやすくなるものだからね。とにかく無理をしないことだ。そのうち時間が解決する」

でも僕にとってはまだ、この痛みすらかけがえのないものだったから、曖昧に頷《うなず》きはしたけれど、住職の話がピンときているわけではなかった。

会場に入ると、さっそく式が始まった。

荘厳な音楽がかかった。僕は耐えられず席を立とうとした。やっぱり無理だ。ネクタイに手をかけ、外しかける。だが、カナ先輩が僕の手をつかんだ。

「見届けてあげて。あの子の姿を目に焼き付けてあげて」

白いドレスに身を包んだ萌奈の隣には、隣町の貴公子、横田弘道《よこたひろみち》の姿があった。

あの日、交通事故になんか遭わなければ、彼女が緊急搬送で隣町の横田病院に運び込まれることもなく、中学時代から萌奈を落としたいと言っていた弘道先輩と再会することもなかったろうに。

「あの子、アイツを好きなんじゃないわ。町から離れたくなかっただけよ」

僕はカナ先輩の囁きが聞こえないふりをした。やがて、仲人の挨拶で住職が立ち上がる。仏教系の幼稚園に通っていた僕と萌奈のことをよく知る住職が、複雑な表情で祝辞を述べた。その間、萌奈はずっと僕を見ていた。そして、首元に手を当て、左右に手を揺すってみせた。ネクタイ曲がってるよ、か。僕は頷き、ネクタイを締め直した。

放つべき言葉は永遠に失われても、絆《きずな》は残る。あの日、彼女が交通事故に遭ったのは、あの公園のある山の麓《ふもと》だった。一人で思い出に会いに行くつもりだったのだろう。

運命を祝ってあげよう

「いや、マジでそれはやばいよ」

クラス一の美女、美玲《みれい》は、私が授業中に話をすると大げさにリアクションをとった。最近はなんでも「やばい」で片づけられてしまう。びっくりも、素晴らしいも、危険も、かわいいも、恐ろしいも、ぜんぶ「やばい」。

最初は、美玲が私のことを羨ましいと思っているのかなって思ったのだけれど、そのあとに「ストーカーじゃん」って言われてハッとした。そうか、この子は私のことをいま羨んだのではなくて、「ストーカー」と思って「やばい」と言ったのか。

霊能者に見てもらったのは先月のこと。学校帰りに駅前で、奇跡が起こりそうだから詳しく見てあげるって言われて、半信半疑でお金を払って座ったら、私の後ろに某アイドル芸能事務所の亡くなった社長さんの霊がついているって言われた。その社長さんが大事にしていたアイドルの柊《ひいらぎ》マモルくんを守るために、私をマモルくんの恋人にする気なのだとか。

私だって最初はそんなのデタラメだろうって思った。でも、ふとテレビをつけたら、柊マモルくんがレギュラー出演している番組をやっていて、ちょうど彼のアップで、「君を永遠に離さない」って言うからびっくりした。本人が私の目をしっかり見つめてあんなことを言うなんて。これが運命じゃなくて何だろう。私はふだんは冷静な人間のつもりだけれど、さすがにこればっかりは運命だと受け止めざるを得なくなってしまった。

以来、ずっとマモルくんを見守るようになった。この経緯《いきさつ》を話したのに、美玲ときたら、〈ストーカー〉なんて言葉でまとめてしまうのだから、言葉が乱暴すぎて困ってしまう。

この使命感を社会は理解してくれないのだろうか？　一言でストーカーなんて括《くく》られてしまうのはとてもショックだ。でも、現代社会は何でも短い言葉でまとめあげてしまう。だから私の行為が〈ストーカー〉とまとめられてしまうのも、仕方がない話なのかもしれない。

もっとも、いくら見守るといったって、私は女子高通いの身の上ゆえに朝が早いし、夜九時以降は自宅で待機せねばならず、見守り活動に制限がある。でも、マモルくんの家のベランダに仕掛けた監視カメラが代わりに頑張ってくれる。マモルくんは中国茶と中国菓子が好きらしい。趣味が合う。結婚したら、毎日中華街に通うのもいいかもしれない。

美玲は「それ単なる片想《かたおも》いじゃん」と言い、「超ウケるんだけど。もうテスト前なのに何笑わせにきてんの？ 授業に集中できないんだけど！」と机をバンバン叩《たた》いた。美玲が大騒ぎするから、クラスじゅうが爆笑して恥ずかしい思いをしたし、隣のクラスの先生に何があったのかなんて問い詰められたりして、誤魔化すのが大変だった。

最近では美玲が私を変人扱いして集団でストーカー呼ばわりする。私がマモルくんを見守っているのは事実だけれど、片想いだなんて決めつけないでほしい。私は将来マモルくんと結ばれる運命にあるのだから。霊能者がそう言ったのだ。私の望みじゃない。ただの運命なのに。

そしていま、私の誕生日という記念すべき日に、運命の瞬間が訪れようとしていた。今日は日曜日。私は朝からマモルくんを尾行していた。自宅からテレビ局、ラジオ局をまわり、最後に事務所へ——。今日も大忙しね。お疲れ様。

気を抜きかけた刹那《せつな》、マモルくんが事務所から出てきた。そして、驚くべきことに、私のほうに向かって歩いてきたのだ。まさかと思った。霊能者の言っていたことが今日現実に？

胸をときめかせた。告白されたのなんて中学一年の時以来だから、ええと、何年ぶりになるの？緊張しすぎて計算ができない。マモルくんは私の前で足を止めた。

「失礼ですけど……これ以上尾《つ》けまわすと、警察に通報しますよ」

小学生男子が好きな女の子に言うような意地悪を震えながら口にするなんて。なんてシャイなひと。マモルくんの足元はわずかに震えていた。

私は深々と一礼すると、「おやすみなさい」と言ってから踵《きびす》を返し、家路についた。今日のところは、見守り隊はここまで。充足感でいっぱいだった。こんなに大きな変化があったのは初めて。これが恋のはじまりね。だって今までは霊能者の予言だけが頼りだった。でも、今日ついに会話をかわした。マモルくんが私の存在を認識していたのだ。

ああ嬉《うれ》しい。そうだ、今日は帰ったら期末テストの問題を作らなくちゃ。私を馬鹿にしている美玲たちが思わず眉間にしわをよせるくらいの難問を作ってみせる。そして、早く仕事を片付けて、また監視カメラの動画を肴《さかな》にしてお酒を飲もう。祝い酒だ。美玲ふうに言うなら、やばいくらいに素敵な誕生日になった。五十八回目の、そして独身最後の誕生日。今夜こそ、心から、運命を祝ってあげよう。

戻り飴

ここ数年、祭りの夜は不思議なことが起こる。あるはずのない思い出が懐かしく甦《よみがえ》るのだ。

「どういうことよ、それ」

歩きながら恋人の寧音《ねね》にその話をしたら、怪訝《けげん》な顔で問い返されてしまった。

「たとえば大昔に、とある子と祭りの夜に手をつないで歩いた、とか。そんな過去ないのに。でも、あるはずのない記憶の中のその子は、たしかに懐かしい匂いがするんだよね」

「気持ち悪い。そんなこと考えながら隣歩いてると思うと、一緒に歩くのが嫌になるわね」

寧音は歯に衣《きぬ》着せぬ物言いをする。たしかに、寧音の言うとおりなのだろう。僕は口に出すべきではないことを言ってしまったのに違いない。

「なーんてことを考える男が主人公の小説を、いま構想中ってだけさ。忘れてくれ」

　そんな適当な言葉で寧音が誤魔化されないことはわかっている。彼女はそういうことをいつまでだってねちねちと記憶しているタチなんだから。

　眠川《ねむかわ》祭りは町内の祭りに毛が生えた程度の規模で、今年で三度目の参加になる。引っ越して四年目。初年は寧音の母親が亡くなって行けなかったけど、翌年からは毎年参加している。

　参加と言っても、ビール片手に烏賊《いか》のげそ焼きやフランクフルトなんかを頬張ってぼんやりした顔で歩いて回るだけ。寧音は葡萄飴《ぶどうあめ》やかき氷を欲しがり、お面を買ってご機嫌でかぶったりする。だいたい二時間もうろうろしたら、もう人酔いもして帰宅という流れだ。

　寧音は僕の初めての恋人で、寧音のほかに好きになった子なんていない。本当に正真正銘初めての子。なのに、僕は遠い昔に寧音じゃないべつの誰かと祭りの夜に歩いた記憶に支配される。いや、もっと言うと、その子が子どもの頃から僕のそばにいて僕をおもしろおかしそうに眺めていたような、そんな気さえしてしまう。

　歩き進むうちに、僕は喧噪《けんそう》の中で自分たちの存在があやふやになるのを感じる。名前が失われた無名の男女として、誰かの光景、誰かの記憶、誰かの一夜の夢の一部になる感じだ。いまこの世界こそ夢では、なんて考え始める。でもさすがにそんなことは彼女に言えない。

「あんず飴がほしいわね。なんでここにはあんず飴が売ってないのかしら。いつも葡萄飴だわ。私は本当はあんず飴が好きなのに」

「そうだったの？　それは知らなかったな。君はずっと葡萄飴が好きなのかと思ってた」

「あんたってほんと私を何もわかってない。私、毎年聞いてるわよ、あんず飴はどこって」

それから僕はぶつくさ言う彼女を説得して、どうにか葡萄飴屋の前に連れて行く。葡萄飴は三つの紫色の種なし葡萄に飴がコーティングされている。

——あんず飴ふたつ下さい。

聞いたことのない女の子の声が脳内再生される。あの子だ、名前のない、あの子。僕はその子の手を握っている。いや、握らされているというべきか。

——カップルで食べるのかい、いいねえ。

屋台のおじさんがニヤニヤしながら二つのあんず飴を用意する。

——ちがうわ。ママのお土産にするの。

彼女はあんず飴を受け取り、店から少し離れたところで僕からパッと手を離す。

——ありがと。一人で夜店で買うの怖かったんだ。助かっちゃった！　またね！

彼女は手を振って去っていく。またね。実際、彼女はその後も何度も現れる。繰り返し、繰り返し。ある時はお面をかぶって僕を脅かす。そして、決定的な夜が訪れる。喧噪から離れたあたり、爆竹なんかを楽しんだあとで、唐突な静寂が訪れて、そして藪《やぶ》の中で唇が——。

このすべてが、ありもしない記憶だっていうのだから、我ながら大した想像力だと思う。

彼氏の隣を歩いていると、彼の見ている風景は私の見ている風景だなって思う。そりゃ、並んで歩いてるからそうに決まってるけど、あるはずのない記憶まで共有してるときがあるのには驚かされる。彼氏と出会ったのが十七の夏。でもあんまりすごく人を好きになると、それより前の時間を知らないことが悔しくなったりする。五歳とか十三歳の彼の隣にも、いたかったなぁって。祭りの夜になるとその思いが強くなるんだよね。とくに飴を探しだす頃になると決まって。だから、彼の見てる「ない思い出」って私のなんだ。

「今度、あんず飴探しに、べつの祭りに行ってみようか」

「……は？　何よ急に……。そんなことしても、私の好きなもの忘れてた罪は消えないよ？」

「いや、じゃなくてさ、君のお母さんの仏壇に、あんず飴お供えしたらきっと喜ぶ」

こういうの、以心伝心て言葉では足りない。私は彼氏の腕をぎゅっと抱き締める。そして、彼の生まれたときから死ぬ瞬間まで、ずっと見届けようって気持ちが、また強くなった。

鬼の島

「俺と島の脱出計画を立てたこと、後悔してないか？」と尋ねたロムの表情には象の皮膚のような皺《しわ》が刻まれている。歳月がつけた足跡。それは伴侶であるラナの顔も変わらない。二人はもう五十年ほど労苦を共にしてきた。

「するわけないでしょ。あの日がなければ、私たちの今もないんだから」

マシナ島を脱出しようと決めたとき、ラナは十二歳だった。利発で、勉強も運動もよくこなし、器量の良さから島の人たちからは〈十年後の島のマドンナ〉なんて言われていた。

マシナ島は人口三百人たらずの小さな島。島の人間は、ほぼ全島民の顔を知っていたし、その半分以上の正確な氏名を覚えてもいた。表向きは漁業中心ののどかな島。だが、その裏に隠された恐ろしい一面を、ある日ラナは偶然知った。漁師である父の仕事現場にお弁当を届けに向かったら、父が、ラナの家にも何度か来たことのある男たちと、血まみれの死体を船に載せて海に送り出していたのだ。戦慄《せんりつ》が走り、喉がからからに渇いた。

数日後、勇気をだして海辺へ行った。もしかしたら、先日のあれは見間違いかも。そんな期待もあったが、前よりひどい現場を目撃することになった。船着き場で、父は血まみれの男の横にしゃがみ込み、粉薬を水に溶かして飲ませていた。数秒後、男は動かなくなった。父は彼を載せた船を海へ送り出した。

疑いの余地は消えた。この島は、人を殺《あや》める種族の暮らす鬼の島なのだ、と。もともと山間《やまあい》の辺りでは鬼の話がごろごろしていた。この認識を分かち合うには、近所の子らは幼すぎた。同い年なのは、半年前に島に越してきた少年だけ。学校では彼と二人で授業を受けるが、まだ一度も会話をかわしたことがなかった。名前はロム。ラナは、思いきってロムに自分が見た光景を話した。ロムは痛ましい表情で話を聞いていたけれど、やがて、静かに頷《うなず》いた。

――それで……どの……どうやって、島を……出るの……つもり?

声を絞り出すようにロムは話した。考えてみればロムが授業中に「はい」とか短い言葉以外を発するのを聞いたことがなかった。

海辺まで行くのは簡単だ。小さな島だから。問題は船。父の船で出ていきたいが、操縦が難しそうだ。すると、ロムがいい考えがあると言う。途切れ途切れの言葉を要約すると、ロムの家の近所にある誰も使っていない筏《いかだ》で逃げようということらしい。ロムはまず移動ルートを決めた。彼は、父たちのいない対岸が安全だから、島の中心部にある山道を通ろう、と主張した。夜九時、就寝時刻になったら抜け出して筏を山の麓《ふもと》まで運び、夜警が終わる十二時まで待ってから対岸へ運びだす。

筏は思いのほか大きくて、二人で引きずりながら運ぶことになった。

「あの時、計画が失敗していれば、きっとあなたはひどい目に遭っていたわね」

ラナは思い返す。本当に、この人に自分の計画を話してよかった。

ふと、二階から階段を下りてくる足音がした。弱々しい、ゆっくりした足音だ。

「お父さん、無理しちゃ駄目よ」ラナは立ち上がって声をかけた。

「なに……ごほ、ごほ、大丈夫さね」

齢《よわい》九十になるラナの父は、いまもなお漁師として海に出る。だが、昨夜からよくない風邪《かぜ》をひいている。熱は出ていないとはいえ、まだ無理は禁物だ。

あの日、ラナとロムが山の麓に辿《たど》り着いて、息をひそめていると、すぐに大人たちに包囲されてしまった。ロムは大人たちにこう説明した。

――こ、この山奥に……鬼がいる……ラナさんそう言うので……退治にきた……です。

筏を用意したのは、鬼の楯《たて》にするためだ、と。ラナが戸惑いつつその話を追認したので、大人たちはそれを信じ、お咎《とが》めなしとなった。それこそロムの計画だった。

筏を引きずって地面に跡をつけ、発見しやすいようにし、山の麓で捕まる予定でいたのだ。

「私、あの頃は海の向こうの戦争のこと何も知らなかったのよ。ロムがその戦争から逃れてきた難民だったことも、父が難民受け入れの手伝いをしていたことも」

まだ言葉をうまく話せなかったロムが、それでもラナを守ろうと考えだした苦肉の策だった。

難民の数は次第に増えた。戦争で傷つき移動中に死ぬケースも多々あった。そういう時は船をもとの国に送り返さねばならず、瀕死《ひんし》の難民は苦しまぬよう眠らせていたのだとか。

五十年前のあの日、ロムの工夫によって大人たちに発見されていなければ、そのまま海に出て砲火を浴びて死んでいたかも知れない。

ラナはロムのしわくちゃの手を握った。この手を放すまい。死が二人を分かつその日まで。

ともに生きよう。この静かなる〈鬼の島〉で。

オーダーメイド

「引退する前に、誰のオーダーでもなく、私自身の欲求を満たす、この世でもっとも美しいドレスを作りたくて君を呼んだ」

私がそう言うと、レノアは雪を払われた蕗《ふき》の薹《とう》みたいな顔をした。

「なぜ君だったのか？　君が私の想像力を掻《か》き立てるからだ。私は君にギャランティーを提示し、君はそれを受け入れた。すでに交渉は成立している。さあ、始めよう」

レノアは小さく頷《うなず》くと、それまでのどこかおどおどした様子を一変させてするすると服を脱ぎ始め、磨き抜かれたワイングラスのように直立した。私はその姿に息を呑《の》んだ。

デザイナーとして活動を続けて今年で五十年目。定期的に女神《ミューズ》は必要となった。だが、ミューズにはじつはある程度の妥協が必要でもある。この五十年はその葛藤の連続だった。

葛藤すらなくミューズにひれ伏し、一気呵成《いっきかせい》に仕上げたのは一度だけ。仕事が潰《つい》えかけた三十代に出会ったミューズだった。そのおかげで私は不死鳥のようにデザインの世界でふたたび注目を集め、さまざまな賞を手にし、現在の地位を手に入れることになった。

しかし――いま目の前にいるレノアは、そのときのミューズを凌《しの》ぐかも知れない。クロッキーを描く手は止まらず、一時間も経《た》たずに三枚ほどが出来上がり、休憩をとることにした。彼女はコートを軽く羽織った。私は彼女のために珈琲《コーヒー》を淹《い》れ、渡した。

「一つだけ気になるのです。あなたは初めてのお客です。今まで私を指名したこともないし、知人でもない。いったいどこで私を知ったのですか？」

「重要かね？　どこでだっていいじゃないか」

「私の母は世界的に有名なモデルでした。ミーナという名です。ちょっとセンスのある人なら誰だって知っている、と母は言っていました。母には同業のトップモデルのパートナーがいました。ナオミさんと言って、私の第二の母親のような存在でした。私はこの二人に育てられたのです。つまり、生まれてこの方父親を知りません。もしかしてあなたが……」

「妄言だな。残念ながら私は君の父親ではない。休憩をそろそろ終えよう。仕度をしたまえ」

余計な詮索につき合うのは危険だった。私はすぐにまたスケッチブックを手にした。

「だが、面白い話だ。君の生い立ちをもっと教えてくれるかな？」

レノアはモデル立ちをし、まっすぐに視線を向けたまま、また話し始めた。

「三歳からナオミさんにバレエを習いました。踊りのコツは美しい線をイメージすることだ、とナオミさんは言いました。私はその教えどおりに踊っていましたが、高校のときに足の関節を傷めて、踊れなくなりました。母は私をトップモデルにしようとしましたが、大勢の人の目に触れるのがどうしてもいやで、家を出ました」

「それで現在の職業に？　現在の仕事も、人に見られるものだが？」

彼女は現在、絵画モデルで生計を立てている。着衣の仕事がメインだが、ヌードもある。

「絵のモデルは、ぜんぜん違います。オブジェでありさえすればいいのですから」

「絵のモデルに必要なことを君に教えたのは？」

「事務所の所長の横沢《よこざわ》です。絵のモデルに必要なのは三つ。自分を空にし、純粋なオブジェに成りきること。詩情や美を注ぎ込むのは私ではなく制作者だから、とにかく身を委ねること。けれど、その意欲を煽情《せんじょう》する不定形で透明な美を秘めること」

と、そこで私のスマホが鳴った。「そのままの姿勢で」と指示して私は筆を止め、画面を見た。横沢からのメール。〈どう？　見事だろ？〉その前にはナオミからも。〈レノアはどう？　ミーナも心配してるわ〉画面をそっと閉じた。今はとにかくロッキーに集中しなければ。

四十年前、ファッションショーで最大級の成功を手にしたとき、そのモデルを務めたミーナも成功の階段を上り始めた。モデルは皆、私の服を着たがったが、ミーナは自分が今後も専属モデルでいたい、そのためならどんなことでもする、と言った。

私はミーナに、モデルを引退したら人工授精で子どもを産むことを約束させた。また子どもの将来のルートも決めさせてほしい、と。まず高校まではバレエを厳しく。厳しすぎるくらいに、とも言った。線になることを体得したらもうやめていい。関節を傷めたのはいいタイミングだった。ミーナにはその子にトップモデル並みのスタイルを維持させた。そして、家を出たところを横沢にスカウトさせた。横沢には被写体としての心得をマスターさせる役割を。すべては、私が作る最後の一着のため。そう、彼女こそが、私のオーダーメイドだったのだ。

愛の猛練習

高校に入ったら、霧矢《きりや》先輩と同じ部活に進むって前から決めていたから、後悔はない。だけど、先輩のしごきがこんなにキツいっていうのはしょうじき想定外だった。

「ちゃんと玉の位置たしかめて構えろよ！」

「す、すみません」

「スイングが甘い！」

「はい……！」

「だいたい、まだ笛が鳴ってないだろ！」

「ご、ごめんなさい！」

もうすぐ大会だっていうのに、私を含む一年生たちの実力がおぼつかないので、部長である霧矢先輩は一年生だけを集めて居残り練習を実施した。そろそろ夜の七時になる。こんなに遅い時間まで校舎に残っていたことがないから、何だか不思議な感じがする。

しかも、中学時代から大好きだった霧矢先輩と同じ空間にいる。超うれしいのに、居たたまれない気持ち。何しろ、いまいちばん足を引っ張っているのは間違いなく私なんだから。

「ちょっと休憩しようぜ。その後であと一回やって終わりにしよう」

そう言うと、霧矢先輩は自販機のほうへと向かった。その背中が、まだ苛立《いらだ》っている気がする。私のせいだ。私が全然うまくならないから。いちばんわからないのが、スイングが甘いっていう注意だった。私なりにしっかりとスイングしているつもりなんだけど。

突然、頬に冷たいものが当たった。振り返ると、霧矢先輩が私の後ろの席に腰かけていた。いつの間にか自販機から戻ってきたらしい。彼は私の頬に当てたペプシを手渡してくれた。

「元気だせよ。そのうちうまくなる」

「ごめんなさい。みんなの足を引っ張って……」

「中学の頃、テニスコートでボールを追いかけてるおまえはすごく輝いてたよな」

「……大したことないですよ、あれは他の子が下手《へた》だったからそう見えただけで」

「いやいや、おまえには才能があったよ。みんなはテニスを競技と思ってやっていたけど、おまえだけは何ていうか、純粋に楽しんでた。ちがうか？」

言われてみると、たしかにそうだったかも知れない。ラケットをもつと、世界が自分のものになったような気持ちになって、ボールの向かう先がすべて私の予想通りに動いて、まるでボールとダンスをしているみたいな気持ちになったものだ。

「あの頃から、おまえの才能は目を見張るものがあったよ。だから、おまえ絶対伸びるって」

「でも、それは飽くまで軟式テニス限定の話じゃないですか」

「同じさ。楽しめよ。まずはそれだよ。楽しむことからしか何も始まらないよ」

「そういうものなんでしょうか……私やればやるほどわからなくなっちゃって……」

「部活も大事だけどさ、俺、昔から楽しんでるときのおまえの顔、好きなんだ」

「え……」

思わず頬がカッと熱くなった。

「あ、いや、ご、誤解すんなよ。そのときの顔がな……オホン……ええと、とにかくがんばれ。いや、がんばらなくていい。楽しめ。いいな？」

「は、はい！」

「踊るんだ。必死に食らいつく感じじゃなくて、ボールと踊ってたあの頃みたいに」

できるだろうか。わからない。でも、部活のためでなく、先輩に楽しむ姿を見せるためなら、できる気がした。

ペプシを飲んだ。喉で弾《はじ》ける炭酸とともに、夏が始まった。

「さ、休憩終わり。始めるぞ」

霧矢先輩はそう言うと、壇上に立って、棒をもった。

「いいか、全員に言っておく。夢中にならずによく譜面を見ろ。白い玉か、黒い玉か、どの位置にあるのか。本当はこんなこと言いたくもないけど、今年は未経験者が多すぎるからな。それだけは最低限たのむ。それから、ちゃんとスイングしろ。音に乗れ。おまえたちが乗らないのに、聴く者を乗せられると思うな」

先輩と同じ部活に入りたくて、ジャズ演奏部を選んだことに後悔はない。サックスを持つと、大きく息を吸い込んだ。笛《フルート》が鳴ったら、すぐに私の出番だ。さあ、スイングしよう。霧矢先輩が好きな顔をしてみよう。

ある日、市場で

あの日、市場に行くまでの道中は暢気《のんき》なものだった。父に「おまえのファイトを誰もが待ってるんだ」と言われて、ワヤンは小さく頷《うなず》いた。その目にはすでに闘志が漲《みなぎ》っていた。辿《たど》り着いた市場での決闘相手がどんな奴《やつ》であれ、相手か自分が死ぬまで戦う。そういう決まりだ。そのための訓練を受けて来た。限界を超えろ、とよく父は言った。その全身の可能性を信じろ、とも。

檻《おり》の外では、マルティニがワヤンのことを心配そうな顔で見ていた。彼女の白くほっそりとした身体《からだ》を見ていると、戦いの前にほんのわずかの聖杯を手にした心地になった。

「今日、連れてってもらえる私って幸運ね。後ろで応援してるわ」

「ありがとう。君は今日も美しいよ、マルティニ」

彼女は照れたように瞬《まばた》きをした。マルティニとその仲間は、トラックの中でもワヤンたち闘士と違って自由気ままに往来している。対するワヤンたちはぎりぎりまで体力を温存させるべく、ほぼ身体の自由を奪われていた。もしもこの身体が自由になっていれば、すぐにでもマルティニへ近寄り愛の言葉をかわすところだ。

やがて、トラックは市場に着いた。ワヤンたちは囲いのある場所へ連れていかれた。男たちがワヤンを取り囲み、賭けを始めた。その場を仕切る男が、賭け金を徴収してまわる。ワヤンは呼吸を整え、限界を超えろ、という父の言葉を脳裏によみがえらす。

ところが、そこで予想外のことが起きた。飛び込んできたのは、マルティニの悲鳴だった。みると、市場の男たちがみんなでマルティニを奪い合っていた。やめろ！　ワヤンは試合どころではなくなり、マルティニのほうに目を向ける。やめてくれ。だが、声は出ない。喉を押さえられている。やがて、試合開始の音が鳴る。相手の動きをかわしながら、ワヤンの目はまだずっとマルティニを追っていた。「おい、貴様、試合に集中しろよ」と敵。馬鹿め。動きはすべて読めている。それほど強い相手ではない。よそ見をしていたって勝てる。だが、その余裕を見透かしたように父が「さっさと仕留めろ！」と叫んでくる。わかってる。だが、それどころじゃないんだ。

奪い合いはいよいよ佳境に入った。男たちがマルティニの両足を持っていた。きっとしまいにはバラバラにされ、あとには毛一本残らないにちがいない。みんな今夜の料理を考えだすのだ。断末魔の叫び声。そして——白い肢体から滴る血。

ワヤンは怒りに任せ敵に突進する。だが、その動きを完全に敵は読んでいた。次の瞬間、ふわりと舞い上がってよけると、脳天を嘴《くちばし》で一突きする。頭部から血が流れて視界が曇る。よろけたところをまたしつこく頭部を突かれ、ついに完全に意識が消える。

最後に男たちの歓声の中に、マルティニの悲鳴がもう聴こえないことを悟る。こんな目に遭うと知りもせずに、マルティニはトラックで目を輝かせていたのだ。何も知りもせずに……。

そこで——チャンネルを替え、身を起こして水を一杯飲み、母が運んでくる鶏肉《とりにく》のティッカマサラカレーを食べた。母にせよ父にせよ、チャンネルが替わるとまた替わる。

「ベータ、マールチがあんたを誘いに来てるよ。市場に行きたいんだってさ」

またか、でも断るわけにはいかない。拳を固める。拳があるということはベータは人間か、と理解する。ワヤンの父は人間だが、ワヤンは軍鶏《シャモ》だった。いつも育ての親が同種とは限らない。

べ、い、い、ベータとして、ヤマハのバイクの後ろにマールチを乗せて走り出す。今度の世界、マールチとしての彼女も、やはり美しい。

「あの悪ガキども、私のティッカを奪って逃げたの。捕まえてくれる？」

「もちろんさ。でも、俺がそいつらと戦ってる間、君はどこかに隠れていなくちゃいけない」

もちろんこんな注意は何の意味も成《な》さない。起こるべきことは起こってしまう。どこでだって同じことが起こる。同じ運命の相手を、救えないというエラー。何度プナルジャナムした先は、まったく別の世界だ。でも意識の中核が変わらなければ、かのプナルジャナムを経験して、ベータは理解しつつある。どうやら自分はマールチを救えない。

一番最初はどこだった？　ああそうだ。日本で一郎《いちろう》という青年だった時、フリマアプリで弥生《やよい》のプライベート動画が無断で販売されていた。たまたまそれに気づいた一郎が、そのことを弥生に教えたら、彼女は自殺したのだった。

マールチが「ねえ、ベータ」と囁《ささや》く。「私のことは何も心配しないで精一杯戦ってね」

バイクは市場へまっしぐら。だが、彼女は知らない。そこで自分がどんな目に遭うのかを。

俺たちは——あと何回こうして転生《プナルジャナム》を繰り返せばいいのだろう？

うつくしい耳

メグミの耳はいつ見ても魅力的だ。初めてバーカウンターで話しかけたときも、僕は彼女の耳の美しさに惹《ひ》かれたのだった。デートを重ねても、飽きるどころか、ますます僕は万華鏡のように表情の変わる彼女の耳に惹きつけられた。

「君の耳は僕に魔法を使うよね」

メグミはおかしそうに笑う。その笑顔が魅力的なのは、笑顔のためか、一緒に動く耳のためか、それすらうまく判別ができない。とにかく僕はメグミの虜《とりこ》になっていった。

やがて、僕たちは一緒に暮らし始めた。メグミは会計事務所に勤めていて帰りが遅い。駅からマンションまでは密集した住宅街で、細い道を縫うように進まなくてはならない。徒歩で十分ほどの距離とはいえ、僕は心配だった。

「電話をくれたら駅まで迎えに行くよ」

だが、彼女は笑って取り合わなかった。「でも心配してくれるのは嬉《うれ》しいわ」と言って彼女が唇を重ねると、目の前で魅惑的な耳を見ることになって、思考が麻痺《まひ》する。僕は〈メグミの耳教〉の信者第一号だ。なのに、彼女はいつも不安げに僕に尋ねた。「私のこと愛してる？」と。もちろん、と僕はそのたびに答えた。

「私、とても不安なの。いつかあなたに飽きられるんじゃないかって……」

「そんなことない。絶対にないよ」

都内で〈耳裂きジャック事件〉が続け様に起きているというニュースを目にしたのは、同棲《どうせい》開始の十日後だった。いずれも夜道を歩く女性を背後から襲い、その両耳を削《そ》ぎ落とす猟奇的手口が共通していた。ニュースキャスターによれば、過去にも不定期にそうした事件はあったが、頻度が増したらしい。狙われるのは、いずれも美しい耳の持ち主ばかりだった。

「やっぱり帰りの時間をメールしてよ。そうしたら迎えに……」

「大丈夫だって。心配性ね」

彼女は何もわかっていないのだ。これはとても重要な愛の問題なのに。

実際、どうなのだろうか、もしもメグミから耳が奪われてしまったら、それでも僕は彼女を愛し続けられるだろうか？　そんな残酷な自問が脳裏をよぎった。その問いに答えを出せないよこしまな自分を誤魔化したくて、その晩、僕は彼女を激しく求めてしまった。

彼女の耳に、見慣れぬピアスを見かけたのは、ゆっくりと身体《からだ》を動かしているときのことだ。彼女の耳に揺れるダイヤの輝きを僕があんまりじっと見ていたものだから、彼女のほうでもそれに気づいたようだった。

「それ、いつ買ったの？」

「ああ、これね、素敵でしょ？　昨日買ったのよ」

でも僕はまだ納得いかなかった。とても高価そうなダイヤのピアスを、何気なく買えるほど彼女に預金があるとも思えない。むしろ誰かからの贈り物と考えたほうが自然だ。同棲以来、僕が駅まで迎えに行くのを嫌がる理由に思いを馳《は》せた。駅まで誰かが一緒なのか？

妄想は加速する。本当は退社時間は五時で、その後ずっとその男と会っているのかも知れない。目をつぶる。忘れよう。彼女を信じなければ。

どれくらい経《た》っただろうか。不意に身体が軽くなる感じがした。分かちがたくっついていた彼女が、ベッドから抜け出したのだ。彼女は一度だけこっちを振り向いたが、僕が薄目をしていたので、眠っていると思ったようだった。

メグミは化粧台の前に立つと、耳に手を当てた。ピアスを外すのだろう。僕はその動向をじっと見守った。ピアスが彼女から外れた。

だが——外れたのはピアスだけではなかった。彼女は耳ごと取り外してジュエリーボックスにしまうと、またべつの耳を取り出してもとの位置に取りつけた。まるでリモコンの電池でも取り換えるみたいに手慣れた仕草だった。

どうりで万華鏡のごとく表情が変わるわけだ。べつの人間の耳なのだから。彼女も僕がそんな耳に惹かれていることには気づいていたのだろう。

僕は彼女の言葉を思い出した。

——私、とても不安なの。いつかあなたに飽きられるんじゃないかって……。

同棲を始めたことで、僕が飽きるのを恐れた彼女は、夜ごと美しい耳の持ち主を狙い、耳を取り換える頻度を高めたのか。

やがて、メグミが戻ってきた。

その耳には、さっきまでとはちがう新たな魅力が備わっていた。

サイン

ブルーがブラックの船の同居人になって今日で十日目。ブラックは大学時代の先輩だ。彼には妻子があり、ネアン港からリアン港までの運搬業で生計を立てている。ブルーが前職をクビになったと聞くと、ブラックは「なら俺の船で住み込みで働けよ」と言ってくれた。

ブラックは学生時代からブルーを弟のようにかわいがってくれた。ブルーもまたブラックを尊敬していたし好感をもっていた。だから船で暮らすようになってから、ブラックの妻に対してよこしまな気持ちを抱くようになった時は、少しばかり罪悪感を抱いた。

ブラックの妻の名は、ルージュ。彼女は船での生活に疲れており、服装は簡素で、それゆえに無防備でもあった。ブルーはややもすると、ふとした動作でゆったりとしたシャツから胸元が覗《のぞ》くのを凝視してしまったし、ルージュもその視線に気づいているようだった。

ブラックとルージュの一人息子、ブラウンはブルーによく懐いた。ブラックはそれを喜んでいるのか、船を留守にする時は「ブルーおじちゃんが相手してくれるぞ」と言うのだった。

しかし、ブラックが船を留守にする間、ブルーはブラウンの相手をしつつもルージュのことばかり考えていた。ブラウンを抱っこしている時にルージュが「交代するわ」と受け取りにくると、腕から腕へと子どもを移すタイミングで、ルージュの乳房の感触が腕に伝わることがあった。そのたび、ルージュとの間にいずれ何かが起こる気がしてしまった。

予感は現実となった。ある日、ブラウンが午睡《ひるね》をはじめて十分後、お茶を飲んでいる時に唐突にそれは訪れた。話題は目の疲れについて。読書家のルージュは、最近目が疲れていると言った。ブルーは蒸しタオルをルージュの顔に当ててやった。彼女は蒸しタオルの効果に驚き、その気持ちよさに微《かす》かに声を上げた。そして黙った。半開きになりかけていた口を、きゅっと結んだのも何かの合図か。この手の合図にブルーは慎重になる。キスをするのは簡単だ。セックスはさらに。だが、問題はその後。未練は優雅な遊びの敵となる。

ルージュの唇だけからそれを読み取るのは難しかった。いつもなら目で判断できるが、今は蒸しタオルがかかっている。ブルーはルージュの唇を奪った。まずい轍《てつ》を踏んだのか、との不安が脳裏をよぎる。情念の濃淡を見誤れば致命傷になる。あまりにも不用心な行為だった。数分後、お釣りのようにルージュとブルーはつながることになった。

ブラックが帰ってきたのは、その三十分後。既にルージュとブルーは服を着て、髪の乱れも整えていた。ところが、ブラックは二人を交互に見た後で、ブルーに言ったのだった。

「この運河には危険がいっぱいある。時には命を落とすほどの危険も。俺がいないときは特に注意しろ。ここはおまえが思っているよりよほど恐ろしいぞ」

ブラックは何か感づいている。ここに長居しないほうがいい。べつの土地で暮らさねば。

その夜、ブラックが誘ってきて、船の一角にある彼の部屋で、二人でしめやかに酒を飲んだ。話すのは取引先の愚痴や新聞の話題。だが、それらがひととおり終わると、ブラックは唐突にまた「この運河は怖いと昼間に言ったろ?」と言う。「じつに怖いんだ。これまで、俺が雇った男たちはいずれもこの船で死んだ。原因は不明だが、みんな水底から腐乱死体となって発見されている。とにかく気を付けたほうがいいのさ」

ブルーはこの時、ブラックの目に殺気めいたものが見えた気がした。一刻も早くこの船から降りなければ。彼はいま、過去に殺した男たちの話をしているに違いない。

「とにかくよく寝ろ。明日は早いぞ」

ブルーはその言葉に従ってすぐに引き上げたが、睡魔は訪れない。寝ている間に殺される恐怖が拭えない。船は桟橋に繋《つな》がれている。ブルーは荷物をまとめデッキに出た。

「逃げる気？」

寝間着姿で現れたルージュの声は、運河のざわめきにも消えずにブルーの耳に届いた。

「あんたの旦那に殺されたくない。また落ち着いたら連絡するから」

今だけは引き止められたくなかった。が、ルージュはブルーに抱きつき放そうとしない。

「あなたもほかの男と同じね？　誰も私をここから救い出してくれない。誰一人……」

ルージュの声は徐々に大きくなっていく。まるで、ブラックやブラウンにバレることなど少しも恐れていないようだった。その声色に、はっきりと狂気が感じられた。

ブルーは悟った。〈恐ろしい運河〉の正体を。だが、遅かった。すでに背中にナイフの切っ先が突きつけられていたのだ。やがて、その鋭利な尖端《せんたん》が皮膚を貫いた。ブルーは自分が見誤ったことを知った。女の、情念のサインを。

1.75

1・75倍速で動画を再生するようになってはや三週間。最近ではノンスタイルの漫才も神田伯山《かんだはくざん》の講談も、YOASOBIの音楽さえも1・75倍速だ。二十一世紀のエンタメコンテンツは無限大なのに、僕ときたらとんでもなく有限だからね。

そして、この限りある僕の目下の悩みの種が、幼馴染《おさななじみ》のノラとの関係だ。ちょっと前まで日曜の朝のジャージとTシャツくらいに自分にフィットしていたのに、最近は妙な隙間風が吹いてる。それというのも、ノラとエツオだ。あいつらが同じクラスになった頃から、僕らの会話はうまくかみ合わなくなっていた。

もともとノラはゆっくり食べ、ゆっくり話すし、前はそれがいいところだと思っていた。だけど、エツオと楽し気にしゃべっているのを見たあたりから、以前は魅力的に見えていたスロウ具合が気に障りだした。僕らは限りある今を生きているのに、なんであんなにゆっくり、しかも僕以外の奴《やつ》と楽し気にする時間がある？ そんな暇、一分だってないはずなのにさ。

「おまえゆっくりが好きだなぁ。同じノロマだからエッオが好きなのか？」

「好き。なんで？」

ゆっくりゆっくりノラは答える。ここ数カ月で最大級のショックに見舞われた。象の内臓が移植されたみたいに一気に身体《からだ》が重たくなり、よろめきそうになった。そうか、ノラはもうすでに、エッオを愛してしまっているのか。

「あそ」

ほかにどう答えたらいいのかわからなくなった。自分で尋ねておいて無様な話だ。なんでそんなに狼狽《うろた》える？　幼馴染が誰を好きだって、そんなのどうだっていいことじゃないか。

「……じゃあ、もういいよ」

僕は踵《きびす》を返した。帰って動画でも見て気分を変えよう。動画に集中できる自信はなかったけど、とにかく僕はそう考えた。ところが、追い打ちをかけるみたいにノラが言う。

「どうでもいいわ」

「あーそうかい」

幼馴染ってここまで言われていい存在だったのか。べつに恋人同士とかじゃないし、そんな御大層な関係のつもりはないけど、どうでもいいとまで言われるともうさすがに精神はずたずたに傷ついていた。そうか、日曜のジャージとTシャツだもんな。いつでも捨てていい存在だよ。まったく、僕が気づくのが遅すぎたってことだろう。

「さいなら」と僕は振り向かず手だけ振った。二度とノラとなんか話すもんか。

「友だちじゃん」

「いや、もう話さねーし」

何が友だちだよ。聞いてあきれるよ。っていうか、僕らはそもそも友だちだったのか? ノラのことを友だちにカウントしたことなんて、今まで一度もなかった。だってノラは……ノラは……いやもういいんだ。終わったことだよ。馬鹿みたいだ。とにかく、ノラが何であれ、ノラはエッオのことを好き好き大好き超愛してるわけだから、どうぞご自由に。

その二日後、クラスメイトがご丁寧に、奴らが付き合いだしたらしいという報告をしてくれた。その頃にはすっかり僕の心は冷たい殻に覆われてしまっていたのだ。

それからはますます1・75倍速生活に染まった。勉強も趣味も倍速。休憩も食事も倍速。そのおかげか、僕は前より頭がよくなって、勉強の成績も上がっていった。そうしたら、生徒会長のミナモに「あなたってキレ者ね」と言われて有頂天になったりもした。だけど、そうしてミナモと歩いているところを、反対側からやってくるエッオとノラに見られてしまった。エッオは僕らを見て、爽やかに笑って「君たちお似合いだね」なんて言ったりして、ミナモはミナモでまんざらでもないような笑みを浮かべたりした。

その間、僕とノラだけが気まずそうな顔をしていた。僕とミナモが離れてしばらくしてから、背後でノラがこう言うのが聞こえた。

「本当にお似合いだと思ったの？　私はちっともそうは思わなかったわ」

ノラは少し怒ってるみたいだった。振り返ってみると、エッオはノラの背中に手を回しながら「お似合いだったよ、俺たちみたいに」と言っていた。ところが、その手をノラがゆっくりゆっくりどかして、ゆっくりゆっくり逃げるようにエッオと距離を離した。でもノラの動きはノロすぎてすぐにまたエッオに捕まってしまった。

そのやり取りを見ていて、何だか脳天を撃ち抜かれた気がした。僕はなんて馬鹿だったんだ。ノラがあんなにノロマなのをすっかり失念していた。僕はすぐに走ってエッオを殴った。エッオは喧嘩《けんか》が強いからすぐに殴り返されて、ぼこぼこにされてしまった。

「大っ嫌いよ！　あっちへ行って！　二度と私に触れないで！」

ノラのあまりの剣幕に、エッオは困惑したまま去っていった。それからノラは僕の前にしゃがみこむと、「大丈夫？　ありがとう……」と涙ぐんだ。

「いや、ほら、いろいろ誤解してたからさ」

僕は照れ笑いを浮かべた。そう、いろいろ誤解していた。ノラの返答は僕の速度とズレていたのだ。「おまえゆっくりが好きだなぁ」に対する返事が「好き」で、「同じノロマだからエッオが好きなのか？」に対する返事が「なんで？　どうでもいいわ。友だちじゃん」だ。

僕は１・７５倍速に慣れすぎてしまったみたいだ。僕の感じていた妙な隙間風だって、きっとその速度差のせいで……わっ……不意打ちだな。ノラ、いま君がくれたキスは、１・７５倍速で生きる僕もびっくりだ。この瞬間は倍速にできない。スロウ再生でもう一度。

未来から

未来の売れっ子作家を発掘する。これは編集者に課された使命であり、それこそが醍醐味《だいごみ》でもある。だからこそまだ無名の書き手の原稿を大量に読むときは力も入るというものだ。

「今年もひとつよろしくね」と編集長がわたしの机に置いていったのは、〈あしたのSF新人賞〉の一次選考通過作だ。今年は応募総数が多く、三百を超えたとも聞く。

「近年はほんとうに大変な世の中よね。基本的にはどれも秀作ばかりだしね」

「でもそれってみんな〈ヴォネガット〉を使ってるからですよね」

〈ヴォネガット〉はかなり優秀なアプリで、お見合いした男女、ラブコメ、ハッピーエンドとか、必要な要素を入力して、作品のおよその文字数まで決めると、それに沿った形で小説を作ってくれる。今年の応募作もどれも面白いが、ちょっと出来がいいと、すぐ〈ヴォネガット〉だな、と勘繰ってしまうところはある。

ところが、中に一つ奇妙な物語があった。編集者・今日子《きょうこ》が、作家に出会って惹《ひ》かれていくありふれたラブストーリーなのに、近未来の描写が自然に描かれていて、妙にリアルだ。

物語はある青年が世界の常識を覆す小説を書こうとブレイン装置〈ブレイク〉を用いることから始まる。〈ブレイク〉で書かれた原稿は、世界の常識を更新する。一度〈面白い〉の概念が更新されると、以前と同じものは〈面白い〉とは受け取られない。しばらくは青年の天下となる。だが、次作はそうはいかない。しかも、同じ人間が二度〈ブレイク〉を使うと生死にかかわるほど心臓に負担がかかるので、再びの利用は無理なのだ。

今日子は青年にその秘密を打ち明けられ、悩みつつもこう返す。

「誰もがデビュー作を超えるのは難しい。でもあなたならできます」

今日子は家に帰って吐きそうになる。本当はわかっているのだ。たとえ彼がデビュー作と同じクオリティのものを持ってきても、自分にはそれが〈面白い〉とは感じられない。ここは〈ブレイク〉後の世界だから。かと言って、〈ブレイク〉を二度使わせてはならない。

そこで今日子は〈プルースト〉を起動する。ブレイク消去アプリ。作家の命を守るために、デビュー作の衝撃自体を消し去ることにした。数日後、今日子は作家の新作を読み、「あなたは素晴らしい作家ですね」と絶賛する。青年は今日子の反応を喜ぶが、原稿はその場で破棄する。〈プルースト〉は誤解の多いアプリだ。ブレイク消去アプリと言っても、実際は今日子の脳内が〈ブレイク〉以前に戻されるだけで、〈ブレイク〉の事実は消えない。それでも今日子がアプリを使って彼の小説の輝きをもう一度感じようとした想《おも》いに感謝しつつ、彼は永遠のさよならを告げる。

切ないラストに、わたしは胸を打たれた。たとえ最終選考で選外となっても出版しよう。とりあえずわたしは原稿の最初にあった連絡先に電話した。その作者、明日《あし》田機能《ただきのう》はか細い声の男性で、会いたいと言うと即座にぜひと答えてくれた。わたしは御茶ノ水《おちゃのみず》駅からほど近い喫茶店を指定し、金曜の夕方六時に出かけていった。

明日田はとても穏やかな雰囲気の青年だった。

「『未来から』という作品、読みました。あれは〈ヴォネガット〉を使いましたか？」

「いえ、最初から最後まで僕が自分で書きました」

「いまどき何もアプリを使わずに？　すごいですね！」

わたしは当たりを摑《つか》んだと興奮した。しかも明日田ときたら、わたしの好みのど真ん中だった。少し茶目ッ気もあって、知的で、すぐ顔が赤くなるところもかわいい。

「とくに、〈ブレイク〉というアプリ。あれは面白い発想ですね。使い方もリアルで、ほかにも街の感じとか、本当に三十年後くらいの未来ではありそうな感じですよ」

明日田は胸を撫《な》でおろしていた。数カ月前、編集者、竹内京子《たけうちきょうこ》に最後通告をされていた。

――明日田さんは才能があります。でもデビュー時の輝きを超えられないんですよ。

だから、明日田は小説を完成させたものの、それをどうしようか迷っていた。以前なら、真っ先に読んでくれるのは京子だったが、もう彼女には最後通告を突きつけられた。だから、仕方なく新人賞に送った。応募作はとてもＳＦの範疇《はんちゅう》に入るようなものではなかった。ほぼ今の世界にあるものだけをネタに自分の経験に基づいた物語を書いた。選考を通過するとは思わない。ただ京子の目に触れさえすればいい、という気持ちで書いただけだ。

そうしたら京子から呼び出された。すごく目を輝かせて、明日田に原稿の感想を語るその表情は、デビュー原稿を読んだ時の彼女そのまま。でも話しているうち奇妙に感じた。〈ブレイク〉を実在しないアプリと思っていたり、何より明日田に初めて会うみたいに接したり。まさか、彼女は自分が作中で描いたように〈プルースト〉を使ったんじゃないだろうか？　出版のためではなく、ただもう一度明日田の輝きを感じたいがために——。

帰ってきて

私がユキオを見つけたのは、夏だった。見慣れない小学生が道を歩いていた。みれば、少し離れた場所に引越業者の車があって、彼の両親らしき人が業者に指示を出していた。

「ユキオ、まだ右も左もわかんないんだから遠くに行かないでね。迷子になるわよ」

十歳になるかならないか、それくらいに見えた。私はユキオの行く手を見守った。ユキオは大通りを進んで、見慣れない建物の並びを物珍しそうに眺めていた。両親のいう「遠く」に簡単に行ってしまいそうで心配になった。この子はここをよく知らない。

私はまず自己紹介をした。看板にある文字などで、どう書くか伝えた。ユキオはわかったようなわからないような顔をしていたけれど、地図は理解できるようだった。歩いていくうちに、古風な煉瓦《れんが》仕立ての建物に出くわしたユキオは、「びるぢんぐ、びるぢんぐ」と喜んだ。漢字はまだ読めないようだ。それをみて、私は自分の名前をわかってくれたのか怪しんだ。まあいいか。どうせこれからずっとここにいるのだろうし。

と、そのときユキオが足を止めた。路上で一人芝居をしている者に興味をもったようだ。

エッセー鋳型《いがた》。無所属でたった一人で活動する売れないコメディアン。イッセー尾形《おがた》に憧れているが、実力はその半分以下。そんな彼の一人芝居をみて、ユキオは声を立てて笑った。

「坊や、おおきに。そんなおもろかったか？　テレビに百倍おもろい芸人おるやろに。ここ大阪やったら、ほれ、吉本《よしもと》の芸人とか」

「うち、テレビもゲームもネットも禁止されてるんだ。だからホントに初めて。おじさん有名になれるよきっと！」

「嬉《うれ》しいなぁ。せやけど、おじちゃん今日でもうやめんねん。身体《からだ》悪うてな。よかったら、坊やがエッセー鋳型の名前を継いでくれへん？」

ユキオは喜んだ。そして、エッセー鋳型を、片仮名のエッセー・イガタにしていいかと交渉した。ユキオは大きな財宝を手にしたように興奮していた。

その晩から、寝る前には一人稽古が始まった。最初の一カ月で、ユキオはエッセー鋳型の一人芝居の面白さを再現できるまでになった。だが、それだけでは足りず台本のエッセンスをうまく伝えるために、台詞《せりふ》の間のとり方、強弱の付け方をアレンジした。

六年ほどの年月が経《た》ち、高校に進学したユキオは台本自体をアレンジするようになった。観客は私だけ。それでもユキオは日々工夫を重ねていった。

「オリジナルの台本を作ってみたらどうやろな。ヒラノを主人公にして」

私を？　驚いた。その頃には、ユキオは声変わりした低い声で、関西訛《なま》りにすっかり染まった口調になり、以前は私をマチと呼んでいたのに、ヒラノと呼ぶようになっていた。

「ヒラノは素敵や。どことなく古風で、情緒もあって」

ユキオは本当に私を主人公にした話を考えてしまった。あるとき、ユキオは意を決して街頭でそのオリジナルの芝居をやった。たちまち人だかりができた。中に大手芸能事務所のマネージャーがいて、うちと契約しないか、と言われた。ユキオは喜んで契約した。でも私は嫌な予感がしていた。ユキオが遠くに行ってしまう。私の手の届かない場所に――。

予感は的中した。東京のテレビの若手発掘番組で優勝を手にすると、ユキオはエッセー・イガタとして日本中に知られる存在になっていった。番組レギュラーも次々決まった。

私は成功を手にユキオが息をきらして帰ってくるのを待った。でも一カ月、二カ月経ってもユキオは戻らなかった。ある日、テレビでユキオが東京に新居を構えたと知った。冷たい風が吹いた。私はただ日々が過ぎるのを待った。

二年が経った頃、変化があった。東京がユキオに飽きたのだ。テレビ界は汚れたマスクを捨てるみたいにユキオを干した。レギュラーはすべて下ろされた。トーク力が未熟だったせいだ。所属事務所からも三行半《みくだりはん》を突きつけられた、と報道で知った。帰ってきて。私のもとに。声にならない声で、私はそう唱えた。何度も。

さらに五年が経った。誰もがエッセー・イガタの名を思い出さなくなっていた。そんなある日、最初にユキオを見つけたあの路上を、無精髭《ぶしょうひげ》を生やした青年がふらふらと歩いているのを見つけた。青年は千鳥足で、すぐ立てなくなり壁に寄りかかって座り込んだ。

「ヒラノ……俺もう駄目なんやろか……もう終わったんかな」

そんなことない、何度でもやり直せるよ。ここから。ここはお笑いの都、大阪。ここからふたたび始めて、もう一度羽ばたくなら、その時は悲しくても笑って送り出そう。

とにかくお帰り。大好きよ。戻ってきてくれてありがとう。この大阪市中央区平《ヒラ》野《ノ》町《マチ》に。

宇宙花と暮らしてみた

ある日空から種が降ってきた。一見、何の変哲もない、ふつうの種。どこかの渡り鳥が、旅の途中で落としたのか、それともどこかの荒い運転をするスポーツカーが撥《は》ね飛ばしたのか、とにかくその種は僕の頭上に降ってきた。

試しに、以前買った植木鉢に土を入れて種を植えてみた。しばらくすると、花が咲いた。見たことのない花だ。多肉植物の月下美人に似ているけれど、四六時中咲いているところはちょっと違うし、葉の一つ一つに小さな三日月形の染みもある。とにかく毎日水やりを忘れず、陽《ひ》にも当て、声もかけ、音楽も聴かせた。前に何かの本で、植物は人間の言葉がわかる、と読んだことがあったから。

ある朝、驚いたことに花が「およはぁ」と呟《つぶや》いた。朝の挨拶のつもりで言っているらしかった。僕は「おはよう」と返した。すると花はしばらく黙ってから「およ……おはや……おはよ」と言った。言語習得能力があることに僕は驚いた。

あれこれ調べてみて、宇宙花の可能性があるのではないかと考えるようになった。

惑星によっては、酸素があって、植物の育つ環境がある場合もあるらしい。太陽系とは限らない。系外惑星は五千以上ある。そのどこかには地球と同じような環境が備わった星もある。

僕はどんどん調査を進めていった。宇宙花の研究だったら、その道の第一人者になれそうなくらい掘り進めたが、恐ろしいことにこの研究には底がなかった。

そのうち、花は歌を歌うようになった。ときどき歌詞や音程を間違えるのが、かえって愛《いと》おしく思えた。また、花はとても寂しがり屋だった。僕が仕事に出かけることさえ嫌がり、いつもすぐ帰ると約束させられた。残業で遅くなると「うそつきっていうのはあまりよくない月よねぇ」とあらぬほうを向きながらいつまでもじくじく言われたりした。

それでも花は寝る前には機嫌を直していて、お話をせがんでくる。絵本もダメ、小説もダメ、テレビや動画もダメ、「あなたの中から出てくるお話でなくちゃよ」と言うのだった。

「じゃあとっておきの話をしよう。僕の調査によると、君は宇宙のなかにあるエーデルワイスという系外惑星から来た。NASAがもつ最新の光学望遠鏡だと、エーデルワイス星に君みたいな素敵な花がたくさん咲いているのが確認できるらしい」

「わたしもいつかそこに帰るのね？　でもなんでここに来たのかしらね？」

「その惑星にやってきた人間みたいな知能をもった侵略生命体が、ある時、美を数値化した。で、君の数値が異様に高いことから、そいつは君を宇宙へ送り出した。君が辿《たど》り着いた星でいちばん美しい花になって帰還したら、エーデルワイス星の美が君を基準値にしてアップデートされる」

まったくのでたらめだったけれど、彼女はその話に魅了されたようだった。

「あら素敵。じゃあ、もっと美しくならなきゃ」

そんなやりとりをして幾日もしないある日、目覚めると鉢植えから花が消えていた。慌てて探すと、花は洗面所の鏡で自分に見惚《みと》れていた。彼女はとうとう歩くようになったのだ。

その夜のことだ。いつものように寝る前の話をしてやろうとしたら、花がペットボトルに入れた水と鉢をバッグに入れて、根っこの足で窓辺に立っていた。

「どこへ行くの？　こんな時間に」

「とりあえず、この星でいちばん美しい花になるわ。さようなら」

「行かないで、君がいないと困るんだ……」

「あはは、おかしなひと。あなた地球人でわたし宇宙花でしょ。住む世界がちがうわよ」

花は開いたままの窓から優雅にひらひらくるくる回転しながら舞い降り、ふわりと大地に降り立つと、そのまま踊るような足取りで、闇夜に消えていった。

その数日後、テレビに映ったA国の大統領の胸ポケットに、あの花を見つけた。

「我が国を不当に侵略するB国を許すわけにはいかない」

大統領がそう宣言して、戦争が始まった。あっという間のことだった。大きな爆弾がいくつもB国に落とされた。やがて、B国を助けようとさまざまな国が参画し、またA国への助《すけ》っ人《と》国も現れて戦争は世界大戦の様相を呈していった。多くの人はA国の大統領が正気を失った、と言った。僕もそう思った。でも、たぶん正気を失わせたのは、あの花だろう、とも思った。きっとあの花は全世界が焼け野原になるまで戦争をやめるな、と大統領に言っているはずだ。僕は「君が辿り着いた星でいちばん美しい花になって帰還したら」と言った。その言葉を、花は誤解して一番になりさえすればいいと信じたのだ。そのためには、世界中の花という花を駆逐するのが手っ取り早い。そう考えたのだろう。すべては僕があのかわいい花を寝かせようと考えた作り話から始まったことなのだ。

乙女と祈り

ある冬の寒い朝、一人の修道女が自宅前に現れた。前の晩にしこたま飲んだ俺は、千鳥足で玄関に着き、女を確かめた。修道女、元カノ。どう呼んでも、俺とまた付き合う気がないのは確か。「断る」とドアを閉めかけると、「まだ何も申しておりません」とそれを阻止する。

「『申しておりません』だってさ。笑っちゃうね。何だよ、その喋《しゃべ》り方」

出会った頃の彼女はまだ高校を出たてで、俺の下心も疑わず受付採用面接に来た。夢について尋ねると、〈私を守ってくれる救い主が、いつか現れると思います〉と言っていたっけ。ほどなく俺がその救い主に名乗りを上げたが、数年後、彼女は修道女になる決意を固めた。

「あなたの戯言《ざれごと》に付き合っている暇はありません。すぐ来ていただけませんか？陣痛の始まったシスターがいるのですが、我が修道院では堕胎も出産も禁止で、診察を受けさせられないのです」

修道女たるもの、妊娠を許容すれば、禁欲生活自体が意味をなさなくなる。

「で、この藪医者《やぶいしゃ》に御用ってわけか。報酬は何だ？　陣痛ってことはもう八カ月は経《た》ってるわけだろ。そうなりゃ堕胎は無理。出産なら、何十万かは要る。しかも産んだ子はどうする？　殺すわけにはいかないぜ？」

「お金はありません。だからあなたに頼んでいるのです。生まれた子は……私にお任せを」

「俺とヨリを戻すってのはどうだ？　修道女の元カノなら、真新しい気分でまた付き合えそうだし、酒もやめられるかもしれない。そうだ、その子を二人で育てようじゃねえか」

「あなたはお酒をやめられないので無理です。とにかく、一刻を争うのでお願いします」

埒《らち》が明かない。俺は彼女を乗せて修道院へ車をかっ飛ばした。ランクルでよかった。雪深い日でもすいすい進む。一時間で修道院に着くと、すぐその修道女の腹を診《み》た。妊娠十一カ月目。よくもったものだ。六時間の施術の末、取り上げたのは元気な男の子だ。

「それで、この修道院には神父が何人いるんだ？　父親探しをしなきゃな」

「愚かな」と元カノは言った。「彼女は聖霊によって身籠ったのですよ？」

「じゃあこの女は聖母マリアで、この子はキリストか？　ますます粗末にできないな」

赤子は言い合いの間も元気に泣いている。神父たちは神に祈ればこの子が消えるとでも思っているのか。

「赤ん坊のことはお任せください。私が何とかします。もうお引き取りを」

有無を言わさぬ口調だ。こういうところに惚《ほ》れた。いいさ。施術はした。しかも無償で。

またランクルをかっ飛ばして自宅に向かった。冷えきった身体《からだ》を暖炉で温めて珈琲《コーヒー》でも飲むか。車を降りようとした時、妙な気配があった。甲高い生き物の声が聞こえたのに、周囲を見回しても誰もいない。だが、また甲高い声がする。声はトランクからだ。

元カノめ。修道院じゃあんな赤子お荷物に決まっている。かと言って殺すわけにもいかない。孤児院に押し付けようにも、修道女が赤子をもってきたとなれば、外聞も悪い。赤子誕生の時点で幾多の負の連鎖が運命づけられている。

「それで俺に押し付けやがったわけか！」

トランクを開けた。だが、予想は外れた。そこに入っていたのは、さっき俺が出産に立ち会った修道女だった。猿轡《さるぐつわ》を外してやると、女は怒濤《どとう》の勢いで話し始めた。

「あの女が、あの女が、私の眠っている間に身体を拘束したのよ、あの女が！」

「落ち着けって。あの女ってのは誰だい？」

「あなたを連れてきた修道女よ！　決まってるでしょ！」

「おいおい、恩人をそう悪く言うもんじゃない。彼女が俺を呼ばなかったら、あんた死んでたんだぜ？　きっとあんたを拘束したのにも深いわけがあるはずで……」

どんな理由があるのか見当もつかなかった。これは何かのわるいジョークなのか？

「そんなものないわ！　あの女は、盗んでいったのよ！」

「盗んだ？　何を？」

「赤ん坊をよ！」

「何だって……？」

その言葉で、元カノが何をしたのかをようやく俺は理解した。彼女はこの修道女が出産で疲れて眠っているすきに拘束し、俺にこうして遠くまで運ばせておいて、その間に赤子と二人で修道院から抜け出したのだ。今頃はどこか遠い街へ辿《たど》り着いているのに違いない。俺は初めて会ったときの彼女の言葉を思い出した。

——私を守ってくれる救い主が、いつか現れると思います。

彼女はまだ乙女だった頃の祈りにも似た希望を、失ってはいなかったのだ。

佐代子のために

スマホのネトゲばかりやっているうちに佐代子《さよこ》の冬休みが終わる。かわいそうな佐代子。私はとても悲しい。なんてことだろう。明日から学校らしい。

「宿題もやっていないのに冬休みが終わるなんて勝手じゃない？」と私は主張する。

「まあでもがんばるしかないっしょ」

こんな具合で佐代子は何だかんだえらい。

「いやちょい待ち。帳尻を合わせるには風邪《かぜ》をひいたとか言って休むにかぎるよ」

佐代子かわいいし、佐代子の身体《からだ》がいちばんだし。世界で佐代子より大事な子なんているわけないし。こんな佐代子を苦しめる学校のシステムがどうかしてるだし。ほら、夏休みは一カ月とかあるのに冬休みは十日とちょっととか、アタオカ案件でしょ、これ。

「でもなぁ、学校休むってけっこうめんどいよね」

佐代子、そこに気づくのえらすぎるよ。かわいい。最高。そうなんだよね、風邪で欠席すると昨今は病院には行きましたかってうるさいんだよね。ほら、ウイルスがウイルスがって言われるでしょ。本当は風邪なんかひいてないっていうのに、なんで病院に行かなきゃならんのよって話だけど、それ言ったら仮病なんかい！って言われるに決まってるし言えない。この苦しみは佐代子だけの苦しみ。

「いやいや、ワンチャン、腹痛でなら……苦しいかな……吐き気がするとか……やっぱり病院行けって言われるか……」

なんてぶつくさ言ってたら、ママが部屋のドアを開けた。

「ノックくらいしてよ、佐代子びっくりするじゃん！」

「何言ってんの、洗濯物畳みに来て」

「え、音ゲーやるのに今から。佐代子が泣いてもいいの？」

「あんた手空いてるでしょ！　さっさとやりなさい！」

参ったな、ママは一度言い出すと絶対引っ込めないから厄介。学校はママほど強硬な態度で迫ることはないからまだいいんだけど、そう、どこの家も欠席するには保護者の前での仮病が鉄則になるから、それがいちばん高いハードルではある。

階段を降りながら、佐代子の今後を考えた。宿題を終えないと、学校には行けない。なのに、まだ宿題を始めていない段階で、かなりアウトだ。これはもう仮病のレパートリーを無限大に考えていったほうがいい。いちばんいいのは親族を殺してしまうことだ。たとえばだけど、親が死んだっていうことにすれば、本人が電話しても怪しまれないよね。でもどうなんだろう。学校の担任とかって、クラスメイトの親が死んだら葬儀に来るのかな？　だとしたら、この嘘《うそ》は悪手だよね。だいたいPTAとかあるしね、いろいろ厄介を招きそう。となると、親戚だ。親戚の葬式。これなら休めるだろうけど、親を味方につけないと絶対についてもらえない嘘だよね。鼻声で電話すれば私でもワンチャンいける？

かわいい佐代子を守らなきゃだもんね。これくらいできるでしょ。佐代子を絶対に守る。怠け者で、いつもベッドで横になってお菓子ポリポリ食べて、ちょっと太って気にしても絶対瘦せられない、次の瞬間飴《あめ》ちゃん舐《な》めてる、そんなだらしなさすぎる佐代子がもう愛《いと》おしすぎるから。私が佐代子を愛さないで誰が佐代子を愛するのよってね。

居間に入る。居間はいつも汚い。うちに猫がいるせいもあるけど、片付け能力のある人がほぼほぼいないのだ。これじゃ客を通すなんてとても無理ゲー。

「ママさぁ、自分はソファで寝てんじゃん。なんで自分で洗濯物畳まないのよ」

「あんたほど暇じゃないのよ。ソシャゲで高得点を出さなきゃいけないんだから」

もうマジ無理だこの親。こんな親だから、佐代子のための環境ひとつまともに作れない。

「ほんと佐代子がかわいそう、こんな家にお呼ばれして。お呼ばれするならもっときれいな家がよかったよねぇ」

「あのさ」とそこでむくりとママが起き上がった。「もう高校生なんだから自分のこと佐代子っていうのよしなさい。歌の『さっちゃん』じゃないんだから。あと、ここに生まれついたのを〈お呼ばれ〉とか言わない。最近の子はすぐ親ガチャとかわけわかんないこと言うからホントにまったく！　で、今日の夕食はステーキ？　お寿司？　どっちがいいの？」

「え、外食？　わーい、ママ大好きー」

佐代子やっぱママ大好きだわ。でもちょっと待って。今夜って冬休みの宿題やらなきゃじゃん。でも、佐代子のためにママが御馳走に連れてってくれるんだもん。拒めないよね？

ウエハースの骨

「あなた、ウエハースの骨が見つかったらしいわ」

　妻は少しでも古生物学者である私の役に立ちそうな情報があると、すぐさま教えてくれる。この時もそうだった。しかし、それにしたって、ウエハースの骨とはずいぶん馬鹿げた話だ。

　現在、ウエハースやその仲間は無脊椎に分類されている。何百年も昔からそうだというのが識者の見解だ。これまで発掘された古代ウエハースの粉末の化石がそれを証明してくれていた。

　それが、骨が見つかったという。私は当然、「ほう?」と怪しむ様子を見せた。

「ネ《N》オ・ニ《N》ュース・ト《T》ーキョーが言っているのよ」と妻はまだ目立たないお腹《なか》をさする。

　NNTは国内メディアでは私が最も信頼を寄せるネット番組だ。そこで発信されたニュースを根拠に、各新聞社も翌朝の見出しを決めるくらいだ。

私はインターネットを開いた。ネットはテレビより早くニュースを届けてくれる。そのぶんフェイクも出回るが、NNTならフェイクの心配はない。

配信を確かめたところ、妻の言ったことは本当だった。今回見つかったのは、古代ウエハースの化石としては現存最古のもので、しかも骨がほぼ完全な形で発見されたのみならず、その歯の一部からシャルバートの成分も検出されたという。

シャルバートはシャーベットの祖先だ。つまりまだ骨があった時代から、古代ウエハースとシャルバートが愛し合っていたことになる。骨が発見されたこともさることながら、古代ウエハースがその頃からシャルバートをパートナーに選んでいたことを知る貴重な資料だ。

「それより、あの方はいつまでここに滞在されるおつもりなの？」

やや迷惑そうな表情で妻が言うのは、三カ月前からゲストルームに滞在させている客のことだ。私が研究で家を空けがちなので、妻にはその客に食事を運ぶ係を任せていた。

「もうすぐさ。もうすぐ帰ってもらうから」

とはいえ、まだ明確な計画はない。朝食を終えると、ゲストルームへ向かった。

「すまないね、こんな狭い部屋に君を押し込めたままで」

「いえいえ。なぜこの世に生まれてきたのかという命題を考えるには最適な場所です」

「ずいぶん若い哲学者だな、君は」

「奥様が届けてくださる朝食はとても美味《おい》しいです。なぜ生まれたのかは永遠のミステリですが、食事を味わっているときは幸福で、それ以外に何も意味は要らない気がします」

「それを聞いたら妻もさぞ喜ぶだろうよ。そうだ、近々移動してもらうことになるだろう。仲間に君を紹介して、大々的な研究を始めることになりそうだ。君の骨についての、ね」

　私はゲストルームを後にした。古代ウエハースの化石からとれたＤＮＡでクローンを作ることに成功したのは一年前のこと。科学倫理に関わるので、大学研究所に内密に進めるべく自宅の書斎を使った。が、半年もすると成人と変わらないサイズになったので、ゲストルームに移した。古代ウエハースの生態をじっくり観察するのが狙いだった。

　だが、今朝のニュースを聞いて計画は変わってきた。私がゲストルームのドアを閉めると、妻が廊下でしゃがみ込んでいた。つわりがきたようだ。

「大丈夫か？　ソルベ」

　妻の名はソルベ、という。

「そろそろ三カ月検診だな。エコーでお腹の状態がわかるんじゃないか？」

「……さあ、最近はそういうのはやらない産院が増えていると聞くわ」

妻は吐き気をこらえるようにトイレに駆け込んだ。私は訝《いぶか》る。お腹の状態を調べない産院などあるわけないからだ。一瞬で思考をめぐらした。不意に、すべてがつながる。

私はもう一度ゲストルームに戻った。

「大至急、君を解剖する必要が出て来た。移動しよう」

「構いませんが……その解剖とやらをしても、もとの世界に戻ってこられますか？」

「もちろんだとも」

ソルベが妊娠したのは三カ月前。古代ウエハースのクローンがゲストルームに移されてからだった。エコーでは胎児の骨格がわかる。妻のソルベは無脊椎のシャーベット科に属する。私も無脊椎に属している。それにも拘《かかわ》らず、もしも胎児に骨があったら――？　廊下で盗み聞きして、私の最後の一言から、ゲストの彼が古代ウエハースのクローンだと気付いた妻はそう考えたのに違いない。

「わかりました。あなたを信頼します。ミスター・キット・カット」

消えた男の恋物語

大学時代、『消えた男の恋物語』という海外小説を読んだことがある。掌篇集《しょうへん》で、奇妙な味の恋愛小説ばかりが収められていた。奇妙な味の小説は大体好きなのだが、残念なことにその掌篇集はとってつけたようなオチのものが多く、出来がいいのは表題作だけだった。もっとも、その一作だけは過去に僕が読んだもののなかでも一、二を争う傑作だった。

その一作だけならロアルド・ダールやスタンリイ・エリン、サキ、シオドア・スタージョンと肩を並べたかもしれない。ただ、いかんせん、作者のローマキャ・リーモンはこの一篇のほかはことごとく駄作ばかり書いていたようだ。それでも、彼には少しばかりの取り柄があった。どんなにつまらない物語であれ、それを読んだ人は登場人物の一人を自分のごく親しい人だったかのように錯覚することができるのだ。僕にそのリーモンの面白さを教えてくれた鈴村《すずむら》君という哲学科の友人は、「君ね君ね君ね」といつもの早口で近づいてくると、ところどころ破れた本をもってこう言ったものだった。

「だ、大学時代はとかく知り合いができなくて寂しいものだよね。でもねでもねでもね、本は裏切らないよ。特にこの本は」

そのとき彼が見せたのが、くだんの『消えた男の恋物語』だった。

「でも裏切らないかどうかなんて個人差があるよ。君にとってそうでも僕にはどうかな」

「じゃ、じゃあ裏切るか裏切らないか、賭けてみないか？　もしもこの本を読んで君が裏切られたと思ったら、僕をこの本で殴ってくれ。その代わり、もしも裏切らなかったら、この本を君の恋人にしてほしいんだ」

本を恋人にする、ということがどういうことなのか、僕には理解できなかった。

「どうやったら本と恋人になれるんだよ？」

「そそそそりゃあデートしたり、食事をしたり、そういうことをだね……」

なぜか彼は顔を赤らめながらそう言った。よくわからないが、ひとまず了解して本を借りて帰った。そして、読んでみた結果、裏切らなかったのは表題作だけだった。あとはひどいものだった。リーモンは、ある意味で僕を裏切り、ある意味では裏切らなかった。

僕は次に会ったときに鈴村君に賭けは成立しないことを告げようと思った。しかし何日待っても彼とは会えなかった。仕方なく彼のアパートへ行くと、彼の恋人らしき女性が玄関先から出てきた。彼女はひどくだらしない下着姿で僕を出迎えた。

「ふうん、で、あんた、本を返しにきたってわけ？」

そうだ、と答えると、彼女はその本を取りあげ、まるでタオルを丁寧に畳むときみたいに几帳面《きちょうめん》なやり方で、細かく本をちぎった。

「あいつ、すぐ人に本を貸すのよ。キモいでしょ？　あんた奇特な人ね。ふつう、本は貸したら絶対に返ってこない。だから私はいつも貸すなって言ってるんだけどね。あいつはエゴが強いからすぐに貸したがる。バカなのよ、バカ」

とうとうすべてちぎり終えると、彼女はそれを足で一箇所にまとめて、ライターで火をつけ、ものの見事に本を一冊まるごと焼き上げた。手品師のように見事なやり口だった。

「あなたは彼の恋人ですか？」

「彼のほうではそう思ってたのかもね。どのみち、終わったことよ」

でもあなたは鈴村君の部屋にいた、と言いかけて、しかし結局僕は黙った。まともな返答が期待できそうになかったから。僕は炎が小さくなり、ついには黒いカスしか残らなくなるまでしばらく見守ってから、お暇《いとま》した。何とはなしに不愉快な出来事だったので、帰り道にマックでやけ食いしたのを覚えている。

何が気に入らなかったのかはわからない。彼女があまりに煙草《タバコ》臭かったからか、本を焼くという行為があまりに非文化的に感じられたからか。でも最終的には忘れてしまうことにした。そうしてまたふつうの毎日が始まった。いつもの講義、いつものカフェテラス、夜にはいつもの酒を飲む。だが、そんな日々が一カ月もしたとき、僕は気が付いた。あの日から、鈴村君を学校で一度も見かけないことに。

夏休みの前に、僕はもう一度彼のアパートを訪れてみた。しかし、そこからは見たこともない学生が現れた。以前そこには鈴村という学生がたしかにいたが、いつの間にかいなくなり、そのうち、その恋人と思われる女が家財一式を庭先で燃やして消えたという。それ以来、僕は鈴村君も、その恋人らしき女も見ていない。おかしなことに、どんな書店に行っても、いまだにローマキャ・リーモンの『消えた男の恋物語』を見つけることもできない。絶版にでもなっているのだろうか。今では『消えた男の恋物語』の細部を思い出そうとすると、早口でしゃべる鈴村君と、その恋人らしき女が本を燃やす姿だけが浮かんでくる。

アマデウスの雨宿り

彼女は生まれつき耳を持っていなかった。聴こえないのではなく、はじめから耳がなかった。しかし、両親ほど彼女は残念に思っていなかった。小さい頃から音の振動を触覚で感じ取れたからだ。振動の中に〈音楽〉はあった。紅茶を注《つ》ぐとカップが歌い、その歌にソーサーがハーモニーを加えた。そのことを手話で伝えると、父親は彼女が魔女裁判にかけられると怯《おび》えたので、以来彼女は〈音楽〉が聴こえないふりをせねばならなかった。

父親は彼女を外に連れ出すことを恐れた。髪を掻《か》き分け、耳のない姿を見られたら、まともな扱いはされないと考えたのだ。けれど、成人すると、外の世界への興味が彼女の奥底から湧き上がってきた。

そんなある六月の、世界中の水が彼女の街に集まったように雨ばかり降る日のこと。水の流れる窓の外を眺めていると、一台の馬車が停《と》まり、男が降り立った。彼はザルツブルクに戻る途中だ、三日ほど泊めてくれ、と彼女の父に頼んだ。名を、モーツァルト。有名な名だ。たしか当代随一の作曲家。耳があれば、一度聴いてみたいとさえ思っていた。

想像していたより老成して冷静な目をしていたが、指先はほっそりとしていて顔つきも上品そのもの。彼女が彼の濡《ぬ》れた体を拭いてやると、モーツァルトは彼女の頬に手を触れた。彼女は思わず身構えた。偶然その場面を父親に見られ、彼女は接近を禁じられた。

けれど、二日目の晩、こっそり一階に降りていくと、机の上で指をコトコトと動かしているモーツァルトに出くわした。彼は彼女が近づいてもまるで気づいていないようだった。彼女はテーブルに指を置いた。すると、〈音楽〉が感じられた。

モーツァルトの〈音楽〉に彼女はときめいた。やがて彼は演奏を終えた。感動を手真似《てまね》で伝えると、モーツァルトは優しく微笑《ほほえ》み、お礼のつもりか、もう一曲演奏してくれた。

ハッと視線に気づいたときには遅かった。父親が物陰からその様子をじっと見つめていたのだ。父は怒り出すと、夜中にも拘《かかわ》らずモーツァルトを家から追い出してしまった。

モーツァルトとはそれきりになった。眠れぬ夜をいくつも重ね、枕を涙に濡らしても、それでもなおモーツァルトのことが、その美しい〈音楽〉が、忘れられなかった。

三年が経《た》った。モーツァルトが街にやってくる、との噂《うわさ》を父がわざとらしく食卓にもたらした。まるで彼女の反応を確かめるようだった。彼女は平静を装ったが、内心では気が気ではなかった。いつなのだろう？　ひと目彼に会うことはできるだろうか。

数日後、朝から雨が降っていた。あの日みたいな雨。窓が騒いだ。

〈隣家の人が噂してた。モーツァルトがここにくる！　君の父親に、雨宿りを頼んでる〉

彼女は階段をそっと降りて、その姿を確かめた。だが——思っている人物とは違った。父も戸惑っていた。父が男を部屋に通すと、その人物は彼女に筆談で話した。

〈私はアマデウス・モーツァルトと言います。この町を訪れるのは初めてですが、御父上が仰《おっしゃ》るには、この家に三年前、モーツァルトを名乗る男が泊まったそうですね？〉

〈はい。ザルツブルクに戻るところで立ち寄られたようでした〉

困惑した彼の顔つきは、夜明けの港に辿《たど》り着いた客船のように優雅だった。

〈たしかに私の生まれ故郷はザルツブルクですが、大司教との関係が悪くなってず

っとウィーンに身を置いており、帰省することすらままならないのですよ〉

　ではあの男は何者だったのか。神童のモーツァルトを名乗って、無銭宿を乞う詐欺まがいの輩《やから》だったということだろうか。すると、またモーツァルトが筆談でこう記した。

〈何かその男はお礼をしませんでしたか？〉

〈してくださいましたわ。演奏を。指でテーブルを叩《たた》くだけの演奏ですけれど〉

　モーツァルトは得心した様子で何度か頷《うなず》き、おもむろにテーブルを叩き始めた。あのときの演奏だった。ランバッハ交響曲という曲だと教えてくれた。

〈父レオポルトが作った曲です。僕も作りましたが、どちらも甲乙つけがたい出来です。作曲家として、父が唯一僕に近づけた瞬間でした。三年前というと一七八七年。父の亡くなった年です。あなたは父の最期の演奏を聴いたのかもしれません〉

　彼女は泣き崩れた。三年を経て届けられた想《おも》い人の訃報の悲しみゆえではない。ある意味でそれは本能的に察知していたことでもあった。むしろ、三年前、つかの間の雨宿りが彼女に届けた音を伴わない音楽が、いま目の前で再現された奇跡に強く打たれたのだ。

〈ありがとうございます。自由に生きる決意が固まりました〉

筆談でそう答えた。時空を超えて届けられた音楽のように、自分も街や家に縛られず、どこへでも行けるはず。アマデウスに頭を下げると、彼女は二階へ上がり、旅支度を始めた。

トゥー・マッチ・ラヴ

〈スキすぎて死ぬ〉〈オレも〉〈ほんとに？〉〈ずっと言おうか迷ってた〉〈なんだ、早く言ってくれればよかったのに〉〈だってこわいじゃん〉〈こわい？　草〉〈同じ気持ちじゃなかったら、とか〉〈ヘンなの。だって今日の昼だってずっと一緒だったじゃん〉〈でもだからってそうとは限らないじゃん〉〈とにかく6限終了したらすぐ校門で待ち合わせよ〉〈オケ。あの……愛してる〉

最後はスタンプが返ってきた。このスタンプというのが、坂本《さかもと》の好きなアニメのキャラクターが仰天しているようなマークでいまひとつニュアンスが伝わりにくいんだけど、これまでの文脈から察するに照れているのだろう。

ＬＩＮＥでの告白っていうのは、俺たちの世代ではかなりフツー。でも俺は中学でも高校でもそういうのは未体験ゾーン。あえて恋愛に発展させなくても楽しかったから。

でも大学に入って語学のクラスで坂本に会って、世界が一変した。日常に過度な色彩がプラスされて、ちょっと大森靖子《おおもりせいこ》の感性くらい盛りに盛りすぎて毎日楽しくなってしまった。けど、サークルを三つも四つも股にかけてる坂本は授業のあとキャンパスでちょっとゆっくりしたら、またべつのたまり場へ消えてしまう。それがだんだん耐えられなくなった。

もっとずっと坂本と一緒にいたい。そう望むようになっていった。欲深いな、と思った。これはわがままなんじゃないか、とも思った。でもそもそも恋ってわがままと何がちがうんだろう？　相手とずっと一緒にいたいとか、触れてみたいとか、もっと知りたくなるとか、全部わがままって言えばそれまでの話。しいて言えば、恋って「わがままだけどわがままって言いたくないわがまま」のことなんじゃないのかな。とにかく、俺は朝目覚めてから眠る瞬間までスマホの画面を見つめて、坂本からＬＩＮＥがないか確認するようになった。

嫌われていない自覚だけはあった。昼は必ずいっしょに学食で食べるし、何度かたまたま道で出会って吉牛《よしぎゅう》とかマックに入ったこともある。趣味だってけっこう合う。

でも嫌われていないのと好かれていることの差がわからない。だから告白する勇気がどうしても持てなかった。そしたら、奇跡が起こった。前兆は、なかったわけじゃないんだ。今日はランチのときにいつもより元気がなくて、俺は何度か坂本を元気づけようとしたんだけど、学食の列に並んでいるときから何だか心ここにあらずだった。頼んだのは月見うどんだったかな。俺も同じものにした。本当はかつ丼とかそっち系のものにしたかったんだけど、ミラーリングっていう心理コミュニケーションのやり方があって、相手がするのと同じことをすると好意をもってもらえるっていうのを聞いたことがあったんだ。

でも坂本は食事の最中もずっと元気がなかった。

「何か悩みがあるなら言えよ。ぜったい今日の坂本おかしいよ」

「そう？　んん、じつは……いや、やっぱいいや。恥ずかしいから」

本当に頬を赤らめているのを見たときは、何だかこっちのほうがドキドキしてしまった。何かとても繊細な部分に触れてしまったみたいな気がしたんだ。あの瞬間、かつてないほど坂本を抱きしめたい気持ちが高まっていた。でもまんざらそれが独りよがりでもなかったんだな。さっきのＬＩＮＥでその謎がすべて解けた気がする。本当はあのとき、坂本は俺に告白したくて、でも面と向かって話せなくて苦しかったのに違いない。その気持ちは痛いほどよくわかる。だって俺がそうなんだから。

俺は校門へ向かった。そこに坂本が立っていて、手を振ってきた。

「遅いよー。どうする？　ミスドにでも行こうかなって思うんだけど」

「あ、そう、いいね」

恋人として初めて入る店。これから長い間二人の記念の場所となる店がミスドでいいのかは俺にはわからない。でも坂本が行きたいって言うなら、どこだっていいんだ。

「本当に、お腹《なか》すきすぎてマジで死んじゃうとこだったんだ。ほら、昼が月見うどんだったじゃん？　あのときは恥ずかしくて言えなかったけどお腹壊してたんだよねー。でもあのあとすぐ治ってさぁ。そしたら、今度は空腹の嵐よ。ほんとすきすぎて……ところで、さっきのＬＩＮＥの最後のあれは何？　冗談ならキモいんだけど？」

ＳＮＳって本当に難しい。ちなみにこの後、「冗談じゃないよ」って答えたら、坂本も俺のことが好きだったとわかって付き合うことになっていまココ。考えてみたら、〈スキ〉のとこだけ片仮名になってたし、最初からワンチャン誤解狙ってた説かなりある。

ラスト・フライト

「君が応募してくれて、本当にうれしいよ。夢のような旅行を実現できた」

飛行機から降りる時、修《おさむ》はやや恍惚《こうこつ》とした表情でそう呟《つぶや》いた。安奈《あんな》はクスリと笑った。

「やだなぁ、まだ始まったばかりですよ、修さん」

広告欄に、不治の病にかかった鈴井《すずい》修(64歳)の個人広告を見つけたのは先週のことだ。なんでも、余命一カ月と診断された鈴井修は、旅行相手を募集しているらしい。報酬は二百万。

少し思案して偽名で応募してみると、わずか数分の面談をしただけで即採用となり、三日後に旅行に向かうことになった。旅先は、パリ。幼い頃に両親から浴びるようにパリの魅力を語られて育ったので、自分の爪のマニキュアくらいには近しい存在だった。

修は、お忍びの旅行だから、と偽名で宿泊予約をとっていた。例の二百万の入ったアタッシェケースをオテルの部屋に置いて、最初に修が訪れたのは、サンジェルマン大通りだった。

「この通りの由来となったフォーブール・サン＝ジェルマンには、かつて貴族たちが住んでいた。ちなみにここのカフェは……」

「カフェ・ド・フロール。サルトルとボーヴォワールがよく訪れていたことでも知られる文人ご用達《ようたし》のカフェです。店の名前は、ローマ神話の花の女神、フローラの意で、通りの向こうにあった女神像が由来」

「君は何でもよく知っているね。旅のお供に選んだ私の目に狂いはなかったわけだ」

鈴井修は毎日オテルを出ると、カフェ・ド・フロールの地下に陣取って、トーストとショコラ・ショを注文する。それから、映画を観《み》たり美術館巡りをして、夜はまたカフェに戻る。カフェ・ド・フロールは、一日の始まりと終わりを結ぶ、歯磨きみたいな場所になっていた。

「君のお陰で、人生最期にふさわしい旅行になった。もういつ死んでも構わない」

「死なないかも知れませんよ。さ、そろそろオテルに戻りましょう」

それが一日の締めのお決まりの会話だった。実際のところ、一緒に旅をするうちに、安奈は修が本当に不治の病なのか、と勘繰るようになっていた。なにしろ、連日のように方々へ遊びに出かけるのに、修は至って元気だった。カフェでもレストランテでもよく食べたし、映画の間に年寄りがよくやるような居眠りをすることだってなく、感想も饒舌《じょうぜつ》だった。

　本当に近々死ぬのかという疑念を抱えながら一週間が経《た》った。その朝、いつものように安奈はオテルのロビーで客が読み耽《ふけ》る新聞を、反対側から眺めていた。そして、思いがけず紙面に鈴井修の顔を見つけた。もっとも、その顔は現在の修とは違って髭《ひげ》がなく、髪もいくらか長かったが、強い眼光からはっきりと鈴井修その人であることが見てとれた。

〈**日本の強盗犯、オサム・スズイ、パリに潜伏中。情報を求む**〉

遅れて修が現れた時、安奈は怒りで頭がおかしくなりそうだった。説明してください、と強い口調で詰め寄ると、青ざめた修は観念した様子で身の上話を始めた。

「私には娘がいた。だが、その子はある男に惚《ほ》れ、ひどい仕打ちに遭って若くに亡くなった。私は、そんな目に遭わせた男が憎くてね……男の家から二百万を奪った。娘の慰霊金さ」

　安奈は修の話を途中で聞くのをやめ、背を向けて歩き出した。待ってくれ、と呼ぶ声が聞こえたが、安奈は振り向かずにオテルを出て街を彷徨《さまよ》い歩いた。自分の知らない遠い街。両親の話だけで憧れていた街。安奈という名は、父が名付けた。

「花」をフランス語風に読むと、hを発音をせず「ana」となる。フローラのように、との願いが込められていた。

「死んでからもう三年か。パパ、やっぱり私がずっといたらダメね」


修は我が目を疑った。旅の伴侶に選んだ娘が怒って背を向けたとき、その身体《からだ》が透き通り、消えたのだ。すべては幻だったのか。見たい夢を見ていただけで、ずっと一人旅だったのか。そう言えば、あの娘は安奈によく似ていた。虚無の風が、心を吹き抜ける。

男に復讐《ふくしゅう》しても娘は戻ってこないのに、自分は何と虚《むな》しいことをしてきたのか。

修は宿泊部屋へ戻るべくエレベータに乗った。だが、エレベータを降りて自分の部屋に向かうと、その前で客室係の若い女がしゃがんでいるのが目に留まった。床に散乱した日本円の紙幣を拾い集めている。修のものだ。アタッシェケースにしまったはずなのに……。

「お客様、これが廊下に」と言いつつ、目が煌《きらめ》いている。価値あるものだとわかるのだろう。廊下に？　そんな馬鹿な。ドアを開けると、室内に紙幣が舞っていた。

「私と旅をしてくれるのなら、やろう。この部屋に落ちてるぶんもすべて」

客室係の娘の目が大きく見開かれた。ゲンキンなものだ。だが生命力があっていい。修は、この娘は、安奈がこれからの余生《ラスト・フライト》のためにくれたギフトかもしれない、と思った。

——やだなぁ、まだ始まったばかりですよ、修さん。

アタッシェケースは安奈と修以外開けられない。暗証番号は彼女の誕生日なのだから。

池に落ちる

こんな夢を見た。嫂《あによめ》の登世《とせ》と並んで座っている。その足元に水が満ちてきて、いつの間にか黒い皮膚をもった池に変わる。水嵩《みずかさ》が増すので、家屋の屋根に上ると、先に移動していた登世が優雅な籐《とう》の椅子なんかに座っているので、またその隣に腰を下ろす。

——とうとう、池になってしまいましたね。

そこで、夏目金之助《なつめきんのすけ》は目が覚めた。蟬《せみ》の声のうるさい七月のつごもりのことだ。夢の女はたしかに同い年の嫂、登世だった。屋内で毎日顔を合わせているのに、夢では久しぶりに会うようだった。それもそのはず、二人きりになったのはもう何カ月も前のことだった。

もう二人きりになるのは金輪際やめましょう、と言ったのは登世のほうであった。「申し訳ありませんが、私はやはり貴方《あなた》の嫂で、断じてそれ以外の何かにはなり得ないのです」と。登世の言葉を、金之助はただ黙って受け入れるしかなかった。惨《みじ》めだった。

それきり、言葉は潰《つい》えた。無論、皆で夕食を共にするときには会話をかわすが、それは登世とするのではなく、「嫂と小舅《こじゅうと》」という駒の会話であった。将棋の銀は銀の動きをするだけで、歩は歩らしく前に進むことしかできはせぬ。それを会話とは呼べない。

そうこうするうち、登世が身籠った。兄は自分の子なのか、と何度か確かめつつ、金之助をちらと見た。あの時、登世は当然ですと怒り、兄は悪びれもせずそうかいと言った。金之助は腸《はらわた》が煮えくりかえる思いでその場を去った。

あれから半年、いやもっと経《た》っただろうか。登世のお腹《なか》も少しずつ目立ち始めている。だから余計に、あんな夢を見てしまったことが、後ろめたかった。その日から数日して、登世の具合が急変し、騒ぎになった。

金之助は、自分を大地に押さえていた重石《おもし》が急にのいてしまったような心地になり、ふらふらと縁側を行ったり来たりした。産婆が慌ただしく介抱しているが、中の様子はわからぬ。と、そこへ兄がめかしこんで自室から出て来た。

「兄上、お出かけですか。登世さんが大変な時だというのに……」

「たかが悪阻《おそ》だろう、どうせ。大したことないさ」

「あんまりだ……」

絶句していると兄はさらにこう言った。

「なんだ、おまえそんなに心配なら傍《そば》にいてやれ。腹の子に覚えでもあるのか？」

頭に血が上り、気が付くと襟を摑《つか》んでいた。

「殴るか？　いずれ生まれてくればわかる。おまえの頭の形はわかりやすい」

一瞬ひるんだすきに、兄は手を振りほどき、出て行ってしまった。女のところだろう。

その晩から、雨が降り出した。長い、長い雨だった。そのうち、坂の下にある家々は軒並み水浸しになって、夏目家へと避難してきた。とても人のもてなしをできる時ではなかったが、東京が池になるぞ、と騒がれては断ることも出来なかった。

「兄は何をしているのだ……」

こんな時に遊びに出る兄の神経が心底腹立たしかった。また家にやってきた町人々の無神経で図々《ずうずう》しい振る舞いも気に入らない。この国の人間は頭を低くして一見礼節を重んじているふりで、そのくせすぐ我が物顔をする。みんな妖怪じみたところがある。

雨はずんずん降り、となりの家などは屋根にまで上らねばならなかった。屋根の上にいる隣人が、「登世さんのお腹は順調ですかな」と言った。さあ、今は大変な時期ゆえ、と失礼した。産婆は相変わらず切羽詰まった顔で動き回っている。今夜が峠《とうげ》か。気をもみながらも、いつのまにかまどろんだ。そこに、また登世の夢を見た。

夢の中で、登世と金之助は夫婦として池の周りを歩いている。何十年と連れそっている夫婦のようだ。やがて、登世のもつ日傘がくるくると回転して池に落ちる。それを拾おうとして躊躇《ためら》っていると、登世がふふふと笑う。

——涙はこのとおり尽きたのに、貴方はいつもそうして落ちるのを躊躇うのですね。

遊び人の兄のつれない態度に悲嘆に暮れ、登世が肩にすがって涙を見せた日、それを引き離して「お茶を用意させましょう」と逃げたのは金之助のほうだった。登世はその拒絶を受けて、もう二人きりになるのは金輪際やめましょう、と切り出したのだ。

いいや、落ちることなど、恋に落ちることなど簡単だぞ。その決意を見せようとする金之助の腕を、登世がつかんで首を横に振ったところで目が覚めた。

障子の向こうが青く光っている。水もだいぶ引いたようだ。涙は尽きた、という夢の台詞《せりふ》を思い出した。登世が悪阻で亡くなったのは、その数時間前のことだったという。

おそれ

て全然違う。

「凍ってるね」

「凍ってないよ。あんなの凍ってるなんて言わない」

彼女はこの川のことをよく知らないんだ。仕方ないか。僕たちがいつも並んで釣りをしていた町の川とはずいぶん形も違えば、流れの速さだって違う。凍り方だって全然違う。

冬になると、この川は鴨《かも》が滑って転ぶほどしっかりと凍ってしまうんだから。いま彼女が「凍ってる」と表現したそれは、薄氷未満の、まだ表面にたっぷりと潤いのある状態なんだ。

「この町の暮らしはどう？　慣れた？　引っ越して二年だものね」

「さあ、あんまりよくわからないな。僕は前と同じようにそのへんをうろうろ散策してるだけだから。でも、この川の魚についてはだいたいわかったよ。警戒心が異様に高いんだ。この辺にはその日の食い扶持《ぶち》のために釣りをする人が結構いる。だから魚も必死で逃げてる」

「釣り針は外の世界へと仲間を連れ去って、そして二度と戻してはくれないものね」

僕は彼女がいま考えていたであろうことを想像してみた。

「僕らの世界にそんなことがあったら、こわいよね。たとえば僕の町に、鉤型《かぎがた》の針が降ってくる。旨《うま》そうな料理や、魅力的なフィギュアが針の先にあって、手招きをしている」

「それを見たあなたの仲間の誰かが、思わずその針に近寄って刺さる？」

「うーん……どうかな、僕らは用心深いし、まずその安全性を確かめるからね」

「そっか。それじゃあ、針はあまり意味がないかも」

「でもたとえば、すっごく好みの顔の子のフィギュアで、その子が誘っているような表情に作られていて、自動人形みたいに動いたら、抱き締める奴《やつ》もいるかもね。その時にフィギュアの胸から針が飛びだしてグサリッ。そのまま連れていかれる——」

「こわい。ねえ、あなたなら、そんなフィギュアに引っかからないでしょ？」

考えていちばんに頭に浮かんだのは、彼女の顔だった。でもそのことは言わなかった。

「わからないな」

彼女のおそれと僕のおそれは、いつだってかけ離れている。でもそれは、同じおそれでもあるのかも。彼女は見えない釣り針をおそれ、僕は見えない想《おも》いをおそれているんだ。

その昔は、もしも断られたら、とかそういったおそれだった。でも今はちがう。彼女の考えていることがありありとわかる。だから動けなくなる。僕はいま叔父夫婦に引き取られてこの町で静かに暮らしている。父母の突然の死からは立ち直れていないけれど、魚を釣っているときは、すべてがこの川の流れのように最後は海に辿《たど》り着くのだと思える。魚たちが釣り針を受け入れるみたいに、きっと痛みのすべてを受け止めていけばいいんだって。

でも、想いについてはそうはいかない。それはこの川の薄氷みたいなもの。そこに薄氷があることはわかっている。触れれば、もっとよくわかる。

「帰らなくちゃいけないわ。皿を洗うように言われてるの」

「泊まっていけばいいのに」

泊まってほしいのかどうか、自分でもよくわからない。この世界に釣り針が下りてきて、誰かを連れ去るおそれと、彼女を抱きしめて一人の世界を失うおそれとが、並行している。

彼女は今日、危険を冒して会いに来てくれた。帰ったら、父親の暴力が待っている。それでも彼女は僕の隣で泣くこともなく、僕の暮らしの心配なんかをしているんだ。

けれど、抱き締めれば、そこですべてが変わってしまう。僕は彼女を受け止めようと、彼女の川を泳ぐ魚になり、一人を失って、どこかで誰かの釣り針を飲み込むことになる。

「やっぱり凍ってるわよ、川。確かめてみたら？　触れてみるのがこわいの？」

それがなぜか僕にはちがう意味に聞こえた。気のせいかな。僕には彼女が僕の心のメタファーを覗《のぞ》き見て言った気がしたんだ。確かめてみたら？　触れてみなくちゃわからないわよ。いやいや、わかるよ。触れたらもう二度と戻れない。それだけのこと。

僕たちはその日、夕方までそうしてぼんやりと川を眺めてから、それぞれの家路を急いだ。その夜に完全に川が凍った。その川の上を歩く人間たちが囁《ささや》くのが聞こえた。

「フィギュア作戦、失敗か……次こそは必ず」

二十二世紀になり人間はかなり知能が高くなった。昼間の彼女はまったくホンモノにしか見えなかったが、偽物だったようだ。それはすでに彼女が生け捕りにされたことを意味していた。涙は出なかった。父母が殺された時にとうに乾いている。

僕は自分の頭の皿を丹念に洗いながら、引っ越す前の暮らしを思った。もうあの楽園は、二度と帰ってこないのだ。川の下に安全な場所なんてありはしないのだから。

頭上では凍った川面《かわも》とともに眠る水が、昨日の彼女への気持ちみたいに揺らめいていた。

オール・アバウト・
マイ・フェア・レディ

「来週は『マイ・フェア・レディ』における言語学的考察をやっていきます」

葉村寛人《はむらひろと》は教室全体に告げ、テキストを閉じた。出席生徒は三人。仕方ない。定年を迎えた名誉教授という割高なアルバイト講師の授業に最先端の研究があるわけがない、と若者なら思って当然。実際、葉村の研究はアメリカ英語の変遷を映画から検証するもので、新味には欠けるだろう。

しかし、それでも四月の段階では十五人はいたのに、たった半年で三人まで減るとは。溜息《ためいき》をつきつつ鞄《かばん》にテキストや筆箱をしまっていると、生徒がやってきた。

「あの、先生、質問があるのですが……」

「ああ、じゃあ、いつもの喫茶店に行きましょうか。ゆっくり質問に答えたい」

今となってはこの女子学生、井伊亜美《いいあみ》だけが唯一の慰めだ。亜美はいつも着物を着ており、外を歩く時は日傘を欠かさない。言葉づかいも丁寧だ。山の手育ちの亜美から流れる日本語を、寛人はいつも美しいと思っている。亜美は顔自体も整っているが、外見を輝かせるのは品性だ。

向かったのはカフェ・ゴドー。小さなランプに照らされた仄暗《ほのぐら》い隠れ家めいた喫茶店だ。

「それで質問というのは、先週僕がしてしまった接吻《せっぷん》のことですね？」

寛人は先週、カフェを出たところで、お辞儀をして頭を上げた亜美の唇に己の唇を重ねた。自分でも思いがけない行動だった。

亜美は何も言葉は発さずに、ただ頬を赤らめて俯《うつむ》く。

「人間の言語で、上唇と下唇を合わせて発音するのは、BとPとMの音だけです。しかし、まだ他人の唇と自分の唇をつけて生まれる音は発見されていないし、それを用いた言語も存在しません。不思議だと思いませんか？」

「つまり……先生は、言語学的興味から、私の唇を奪ったと仰《おっしゃ》るのですね？」

「入口としてはね。あなたと話していたら、日頃の懸案を探究したくなった。しかし、それだけではない。研究の契機は学問的探究心とかけ離れた好奇心から生まれるのです」

「では、先生の仰る『かけ離れた好奇心』とはどのようなものでございましょう？」

「それは……質感への興味ですね。あなたの皮膚はたいへん柔らかそうで、講義の間でさえその唇は、それ自体が深海の生命体であるかのごとく僕を誘惑していたのですよ」

「まあ……。私はまじめに授業を聞いていたというのに！」

「すみません……もちろんあなた自身の品性への憧憬がなければ、そのような好奇心は生まれなかったでしょう。僕はあなたの品性に心を奪われたのです」

その言葉はようやく亜美を落ち着かせたようだった。

「では、どのような音が生まれるのか、もう一度実験をされてみてはいかがですか？」

大胆不敵な提案だった。いくら店内が仄暗いとはいえ、まだ白昼である。

「……よろしいのですか？　我々には歳《とし》の差も……」

「歳の差なんて。でも私を偽ったままでは嫌。ありのままの姿で実験に挑みたく思
います」

「で、では、場所を変えますか」と寛人はどぎまぎしながら尋ねた。

「いえ、この場で。ちょうど店員からも見えにくい場所でございますし」

「ここで？　ありのままの姿に……？　それはさすがに……」

慌てる寛人をよそに亜美は口元を左手で覆うと、右手で何かを取り出した。

「わはひのくひびるがやわらかいのは、歯がなくなっへひはひいからなのでふ」

私の唇が柔らかいのは、歯がなくなって久しいからなのです、と聞き取れた。亜

美は顔をくしゃくしゃにして笑った。取り出したのは、入れ歯だった。寛人は微笑《ほほえ》み返した。

「おどろきまひはか？」驚きましたか？　だろうか。寛人は首を横に振った。彼女は子育てを終え、若いうちにしたくてもできなかった勉強に時間を費やすことにしたのだとか。そうして中高の勉強を終え、高卒認定試験に合格し、受験勉強を始めたのが四年前。大学入学後は、ますます学問に深い興味をもっているようだ。そんな彼女を、寛人は愛《いと》おしく思っている。

「そのお歳では普通のことですから」と言って、寛人は柔らかな唇に唇を重ねた。

亜美は今年で八十九歳になる。だが、この唇の前では、年齢などどうでもよくなるのだ。

Re:girl

「ねえ、星から降ってきた女の人の話、知ってる？」

ノアがその話を振ってきたとき、僕はうんざりした顔をしてみせたものだった。

「周回遅れだよ、ノア。朝からみんなその話で持ちきりさ」

中学校に着いたら、クラス中みんなその話ばかりしていた。明け方、空き地に隕《いん》石《せき》が落ちた。厳密にいえば隕石型のカプセルのようなもの。そのカプセルの中に、全身にフィットした銀色のスーツを着た美しい女の人がいた。彼女がどこの星から来たのか、誰にもわからなかった。彼女はすでに脳死状態だった。

町の科学者は彼女をまじまじと観察した後、人間そっくりだ、と結論づけた。だが宇宙から飛来したものであるのは間違いなく、やはり地球外生命体であろう、と。精密検査のために、大都市の研究施設に移すまでのわずか一時間の間に、町のほとんどの人が彼女をひと目見にやってきた。ある者は写真に収めた。

誰かが彼女のことを〈エヌ〉と名付けた。何者でもない、という意味で。そのうち、〈エヌ〉をアプリ上で動かし喋《しゃべ》らせる遊びが流行《はや》り出した。息吹を吹き込んだのは、声優志望の女の子だった。みんな〈エヌ〉に夢中になり、〈エヌ〉ふうのメイクが流行り始めた。

科学者によれば、〈エヌ〉がもし人間なら、二十二歳くらいだろう、ということだ。「ババァじゃないの」とノアが言った。彼女は明らかに〈エヌ〉をめぐる風潮を嫌悪していた。

「みんな馬鹿みたい。どこの星から来たとも知れない奴《やつ》を真似《まね》たりして」

「でも真似たくなる気持ちはよくわかるよ」

「……どういう意味？　それ、あなたも彼女に惹《ひ》かれてるってこと？」

「〈エヌ〉はすごい。あれは特別だよ。ノアだってアイドルの追っかけをやってるだろ？」

「それとは違うでしょ。もっと宗教じみていて、なんだか気持ち悪いわ。まさかあなた、私にまであのヘンテコな宇宙人の真似をしてほしいと思ってるわけじゃないわよね？」

僕は黙っていた。僕はノアに恋している。だけど、最近どうしてもスマホの中の〈エヌ〉に見惚《みと》れる時間が増えてしまって困っていた。もしもノアが〈エヌ〉の真似をしてくれたら、と願わずにはいられないことがあった。ノアを好きなはずなのに、同時に〈エヌ〉をこのうえなく好きになりつつあった。こんなことは間違っている、と僕は自分に言い聞かせた。けれど言い聞かせれば言い聞かせるほど、僕は〈エヌ〉のことを考えてしまうのだった。

「本当に最低ね……それ、たとえヴァーチャルでも浮気よね。あなたは私と〈エヌ〉を同時に愛してしまったのよ。どうかしてるわ。もう同じ空気を吸いたくないわ！」

　彼女は僕の言い訳も聞かず、怒ったまま去ってしまった。でも別れを切り出されたわけじゃないし、喧嘩《けんか》なら月に何度かしている。僕はそれほど気にしなかった。

　やがて、誰かが〈エヌ〉の姿をSNSに公開した。投稿はバズり、一気に世界中が〈エヌ〉を知った。翌日にはマスコミが押し寄せて町は大騒動になった。道路は大渋滞になった。いつも学校に行くのに待ち合わせる場所にノアが現れないので、僕は少し心配になり始めた。この大騒動のせいで事故にでもあったのでは？

と――その時、爆音が轟《とどろ》いた。町で学習塾を開き、僕ら子どもの良き相談相手でもあるドクター満野《みつの》のラボからだった。彼は発明家で、その研究費を稼ぐために開いた私塾が好評だった。ラボの前にドクター満野がいて、空を見上げていた。小さな点が見える。

「成功だ！　成功したぞ！　俺は、ついに、やったんだ！」

　そう狂喜乱舞する彼が手にしているのは、ノアの服だった。

「ノアに何をしたんだよ！」と僕がつかみかかると、ドクター満野は答えた。

「わ、私はただ彼女の望みを叶《かな》えただけだ。この星を出て、二度と戻りたくない、と。彼女はただ宇宙を漂いながら死んでいくことを望んだのだ！」

彼によれば呼吸器から自動で栄養補給がされるので、生き延びること自体は可能らしい。新開発された宇宙服は体にフィットした伸縮自在のもので、体の成長に合わせて伸びるだけでなく体温を維持したり、流星塵から体を守る機能を備えている。だから安全な状態でひたすら静かに朽ちていく。僕のせいだ。彼女は言っていた。同じ空気を吸いたくないと。だからこの星から逃げ出したのだ。

ん？　待てよ。全身にフィットしたスーツで宇宙へ飛び出した人間？　僕はノアの写真を、年齢を変化させられるアプリで十歳年をとらせてみた。映し出されたのは〈エヌ〉の姿だった。

アインシュタインによれば、太陽の周辺は時空が歪《ゆが》んでいるらしい。もしも彼女が太陽の周辺まで旅をして事故に遭い脳死状態になり、そこで時空がズレて過去の地球に辿《たど》り着いたのだとしたら――？

ノア、僕は浮気なんかしてなかったよ。君は間違ってた。僕はノアと、大人になってこの星に戻ってきたノアを愛してしまっただけなのだ。

未練

　未練を断ち切るために、私は元カレと会うことにした。元カレは久々に会った私のことをあれこれと誉《ほ》めそやした。昔から口のうまい男ではあるが、映画監督という、人とコミュニケーションをとらねばどうにもならない職業に就いたことで、前よりも口が達者になったような気がする。

「私ね、今度出産するの。自然分娩《ぶんべん》。それを映画に収めてくれない？」

「……なんでだよ？　なんで俺がおまえの出産なんか……てかおまえ結婚してた？」

「いいえ。一人で、助産師さんもつけずに産むの」

「誰の子なんだよ」

「あなたに関係ないでしょ」

「……まあ撮るのはいいけど、倫理的に問題あるだろ。今の社会的にNGじゃないかな」

　たしかに、昨今の世の中はいろいろと厳しい。たとえ撮影したところで、監督としても上映場所がなければ仕方ない。原一男《はらかずお》監督の『極私的エロス　恋歌1974』は、原監督だから成立するが、元カレはドキュメント映画ではなくて恋愛映画で人気の人だから。

「やっぱり無理かぁ。出産シーンってグロテスクらしいの。けっこう血も出るし、それを絵になるように撮るのは、相当な技術をもった映画監督だけよねえ。もっといい映画監督に頼むしかないわよね」

その言葉に、元カレは反応したみたいだった。

「俺に任せろよ。絶対いい画《え》を撮ってやるから」

「そうこなくっちゃ。あなたって昔から頼りになるわ」

嫌味だとわかったようで元カレは少しだけ睨《にら》んできた。

元カレと最初に出会ったのは、沖縄旅行だった。その前に大失恋した私は一人で旅行に来ていた。目的もなく見慣れぬ町を眺め歩いていると、突然叫び声が聞こえてきた。走っていくと、元カレが直立したまま自分の靴を指さしていた。みれば、大きなサイズの蜘蛛《くも》が靴の上に乗っていて、彼の身体《からだ》によじ登ろうとしていた。それを、私が蹴って追い払ってあげた縁で、交際が始まったのだった。

でも付き合いだしてみると、小さなすれ違いが多くなっていった。最終的に別れを切り出したのは元カレのほうからだったけれど、数日切り出しが遅ければ私のほうからだったかも知れない。とにかくそのときはお互い限界がきていた。今にしてみれば、なんであんな些細なことで、と思わないではないけれど、そのときはそれなりに深刻だったのだ。

そして——未練という重大な問題が残った。海から砂浜に打ち上げられたどこかの戦闘機みたいに、その未練の処理について私は長い時間を費やした。どう向き合うのが適切なのか。考えた末に思い付いたのが、今回の撮影である。

妊娠は九カ月目に突入していた。もう最近ではだいぶ胃袋が胎児に押されてしまって食欲が出ない日もある。安定期に入ってつわりはそんなにないけれど、なかなか生まれない焦りも出てきている。予定日は来週。だけど、ちょっと早く生まれてきてももう平気なはずだ。助産師さんには産気づいたらすぐ連絡をと言われていたが、そのつもりはなかった。

ある朝、それは唐突に始まった。その殺人的な痛みは徐々に私の神経を蝕《むしば》んでいく。私は、元カレに連絡を入れた。未練を断ち切るためには、出産に間に合ってもらわなければ話にならない。私はタオルを敷き詰めて元カレがやってくるのを待った。

けれど元カレが到着するより早くに胎児の頭が現れてしまった。まずい。早く到着して。意識が遠のきそうなほどの痛みと戦いながら到着を待った。やがて、ドアが開いて元カレがやってきた。彼がカメラを構えたのとほぼ同時に、胎児が外へ飛び出した。

「ひぃ……嘘《うそ》だ……あああああ……」

「いいえ本当よ、これが私の子なの。しっかり撮影して。さあほら」

「ぐぁあああああああああ！」

元カレはカメラを抱え、一目散に飛び出していった。作戦は、成功したのだ。別れて以降、ほぼ毎日もう一度やり直したいという趣旨のメールや電話がきた。その都度適当にやり過ごしていたが、粘着質に周囲に現れ、そのせいで新しい恋もうまくいかない。だから、私は沖縄に行き、祝女《のろ》に頼んで蜘蛛の神を呼び出してもらい、関係をもった。彼の未練を断ち切るには、彼の嫌いな蜘蛛の子を産むシーンを見せつけるしかなかったのだ。

しかし困った。すぐ外に逃がすつもりだった蜘蛛の子が、こんなに愛《いと》おしく感じられるなんて。母性は自然に湧いてくるのね。我が子を撫《な》でると、八つの足が身体をよじ登ってきた。

その日、35度

自分のカノジョと花火をした記憶がない。当たり前だ。経験がないのに記憶があるわけがない。けれども、そういった経験の不足は、花火カップルコンプレックスに、きっとなる。

そこで、僕は職場の上司を口説くことにした。彼女は僕の女神によく似ている。

「何よ、何なのキミは。このクソ暑いのに。35度よ、35度、ナカムラ」

面倒臭そうな口のわりに、上司の頬はほんのり赤い。気温のせいじゃない。一応、省エネ中のオフィスには扇風機が何台もあるし、手元には冷えたコーラだってあるんだから。

「ええと、その、じつは花火をたくさん買いすぎて余ってしまいまして……土曜日の夜にでも会社の屋上で花火でもどうでしょ？」

「本気で、私を誘っているわけ？　この上司である私を？」

「はい……あの、本気ですが」

「ま…まあ、いいでしょ。どうせ残ってる仕事をやっつけに出社する予定だったし」

「ありがとうございます！」

こうして、僕は上司と土曜日に花火をする約束を取り付けた。会社の屋上を指定したのは、ここでならあまり抵抗がないと推測したからで、その予想は当たっていたと思う。

土曜日、夕方に出社した僕が屋上で花火の準備をしていると、仕事をようやく終えたらしい上司が缶ビールを飲みながら現れた。断酒を解禁したらしい。

「ぷはあ、うまい！　来てあげたよ、まったく、くだらない用事ね。花火だなんて」

「花火、いいじゃないですか。瞬間を、永遠に刻み込む装置です」

「フン。こういうのはさ、好きな子とするもんでしょ。さっさと結婚とかすれば？」

「女神とだったらしますけどね」

僕は毎夜、大量に保存してある女神の画像を眺めながら眠る。

「女神と結婚？　キミって本当に馬鹿げたことばかり言うね。ドン引きだわ」

「じゃあ、女神と結婚するのと、ＡＩと結婚するのって、どっちがドン引きます？」

「んん、どっちもドン引くかな」

「そうですかね。想像力が欠落していますよ。まともな対話ひとつできない人間と不幸な結婚をするより何倍も幸福だと思いますけどね」

上司はまたぐびりとビールを飲んだ。

「まあいいや。それより、花火の準備はできた？　私、早く家に帰らなきゃならないんだよ」

「わかってます、準備は整いました。始めましょう」

僕は用意した花火を上司に手渡して、火をつけた。それから、僕の花火にも火をつける。

夕闇を散らす火花と、火花をもみ消す夕闇との取引が、夏の時間を焦がして消してゆく。

任務完了。まだカノジョじゃないけど、これから告白すればこの記憶はカノジョとの花火ってことになる。これでもう〈花火カップルコンプレックス〉という不都合を抱え込まなくてよくなった。でも、まだまだこの先もいろんな不都合がある。その一つ一つを、上司と越えていきたいと願う僕は、ひどくわがままなのかもしれないけど。

「君は、女神が好きなの？」と唐突に聞かれ、曖昧に笑って誤魔化した。女神の横顔、木漏れ日に見せる微笑、肉感的な唇、その他もろもろが大量保存されていること、その姿が上司と似通っていること、どれも打ち明けたらドン引きされそうで怖い。前に動画でアイドルオタクが芸人に馬鹿にされるのを見たせいかも知れない。

「それじゃあ最後に線香花火を――」

上司が言いかけたところで録画を停止。上司の動きを読み込んで女神として再生できるか試そう。データ名は「保存用花火」でいいか。よしよし。明日が楽しみになっ……。

ＯＦＦ――。

私はＡＩ〈35度〉の電源を切った。〈35度〉は私を上司だと思い込んでいて、内部イメージの〈女神〉と同一人物だとは気づいていない。ずっと片想いのまま。このねじれを修正できるかどうかは、明日以降の〈35度〉のデータ処理にかかっている。

〈35度ナカムラ〉↓〈35度Ｎ〉。これは〈猛暑〉＋〈Ｎ〉＝〈モーション〉のもじりで私が命名した。ＡＩが神たる人間にモーションを起こす発火点。〈花火〉はそのイメージを表している。

暑いから今日はここまで。おやすみ、〈35度〉。いつか堂々と、私を口説いてね。

ナイフ・イン・ザ・ウォーター

ナイフが湖に落下したとき、少年は「ああ……」と小さな声を上げた。その青ざめ方から、あれは少年の心臓のようなものだったのに違いない、と真弓《まゆみ》は思った。だからこそ、それを取り戻さんと湖へ飛び込んだ。

「あなたのせいよ、どうするの？　もしこのまま彼が死んでしまったら……」

「事故死だ。死体が増えてしまったが、まあ仕方ない」

真弓と直純《なおずみ》が湖で休暇を過ごすことにしたのは、金持ちのバカンスのあり方として自然に見えると考えたからだった。明け方、プジョーのトランクに真弓の愛人だったスグルの死体を載せ、ここへやってきた。少年に声をかけたのは、アリバイ作りのためだった。少年と一緒にいる間に、その目が離れたすきに湖底に死体を沈めてしまえばよかった。

ところが、真弓がそう考えて少年を船の修理に誘い出したのに、寝ぼけていた直純は嫉妬に駆られて少年のナイフを隠し、そのために口論が起こった。

「あなたの嫉妬心が仇《あだ》になったわね」

「自分のことはさておき、か。さすがは論理の鬼」

「妄想で突っ走ったのはあなた。頭に血がのぼって、人の道を踏み外すなんて」

「自分を棚上げしてすごい言い草だな」

「私は人の道を踏み外してなどいないもの」

また直純の顔が紅潮していく。

「とにかく、ちょっと頭を冷やしなさいよ。湖に入って少年を探すことね」

「……まあいい。この話は明日以降にゆっくりしよう。今は時を急ぐ」

直純は湖へ飛び込んだ。十分、二十分、三十分……。真弓は溜息《ためいき》をつきながら直純が戻るのを待った。ようやく浮かび上がってきた直純は、こう言った。

「見つからない……仕方ない。警察に連絡してくる」

「死体はどうするの？　警察に連絡したら、ヨットの死体をどう思うか……」

「キミがスグルの死体を捨てろ。警察にはちがう場所を探させればいいさ。万一死体が二つ見つかったって、通報のおかげで別の死体が見つかったと考えるだけだろう」

直純はそう言い捨てると、岸に向かって泳いでいってしまった。死体を捨ててから行けばいいのにそうしなかったのは、真弓の浮気を許していないからだろう。

「手伝ってやるよ、真弓さん」

驚きふりむくと、溺れたはずの少年がヨットの縁《へり》を摑《つか》んで上がってきた。

「生きていたの……？」

少年は、薄ら笑いを浮かべていた。その手にはしっかりとナイフが握られていた。

「船縁にぴったりと張りついて、すべて話を聞いたよ。そこに死体があるんだろ。退屈な休暇をすごす中年夫婦かと思ったら、冒険家のお二人だったわけだ。こいつはいいや」

「お願い、このことは黙っていて……」

「それは、真弓さん次第だね。俺があんたにどんな欲求を抱いてるかわかるだろ。あんたは何度も経験してるはずだぜ？　そこの死体だって、きっとそうだったはずだよ」

少年の読みは鋭かった。真弓が一週間前、スグルと関係をもったのは、突然襲いかかられたからだ。不可抗力だったと直純に説明した。そう言えば、夫がそれ以上は追及しないことはわかっていた。不可抗力であってほしいと願っているに決まっているのだから。

少年はナイフの切っ先を真弓に向けたまま引き寄せ、唇を奪った。最初は拒んだが、少年の舌が入ってくると、覚悟を決めて受け入れた。その後のことは、水面の曲線の遊戯の一部のそれ。水鳥の声を背中に聴きつつ時を忘れて少年の身体《からだ》を貪った。

どれほどの時間が経《た》っただろうか。疲れ果てて眠っていたらしい。目覚めると、真弓は船の上で一人だった。潮の流れが変わり、岸のほうへと徐々に近づいていた。スグルの死体のことを思い出した。早く始末しなければ。どうにか湖底に沈め、顔を洗った。そこかしこにまだ少年の匂いがこびりついている。直純に知れたら、何と言われるかわかったものではない。慌ててメイクもし直した。それ以前と寸分たがわぬように。

やがて岸に着くと、夫と警官が立っていた。警官は少年についてを根ほり葉ほり聞いたが、最後に「このところナイフで人を脅す若者がここらを徘徊《はいかい》していましてね。たぶんそいつですよ。いっそ溺れ死んでくれればラクなんですがね」と笑って二人を解放した。

プジョーに乗り込むと、直純は「さっきは熱くなって悪かった」と謝ってくれた。

「過ちを認められる素敵な大人ね……ところで白状しなきゃならないことがあるの」

「まさか……いいんだ。スグルは死に、少年も死んだ。それで終わりだ」

「……そうね、ええ、きっと。QEDね」

死体も一体しか上がらないし、と内心で真弓は思ったが、それは口にしなかった。さっき少年を無我夢中で貪り食べたことを打ち明けたら、今度こそ離婚だろう。たとえ薄々は感づかれているにせよ、あえて言葉にしないことで守られる絆もある。

さっき口論で「私は人の道を踏み外してなどいないもの」と言った。踏み外すも何も、真弓は人の道をはじめから歩いていない。「さすがは論理の鬼」とは直純流の皮肉で、本当は「鬼の論理」と言いたかったはず。それでも、二十年あまり直純が鬼族の真弓を守ってきたのは本当だ。スグルを殺して食べようとした時も、食べたら鬼の仕業とバレるから、と湖に捨てようと勧めてきた。

しかし困ったことが一つ——。

バッグの中に、あの少年のナイフがまだ残っているのだ。少年が真弓に夢中になったそのすきに、少年の心臓の味を吸い込んだナイフが。

恋と文明とウィスキー

とくとくとくとく、カラン、カラン。グラスが、琥珀《こはく》色に染められていった。カオリはグラスを眺めながら考える。恋愛は文明に似ている。そこには発展があり、発展途上があり、終わりがある。また、伝達を前提としているところも似ている。どちらも伝達によって成立し、伝達すべき事柄がなくなったとき、終わりを迎える。ところで一つの文明の終わりに、人は絶望を感じない。なぜかといえば、長い人類の歴史でみれば一つの通過点だと心得ているからだ。それなのに、こと恋愛にかけて、人はその終焉《しゅうえん》にかなりの絶望を抱えるらしい。カオリはそのことを、愛人の小堀《こぼり》をみて学んだ。カオリは小堀との関係に最大限の満足を抱いていた。

そこには発展途上も発展もあり、先進性さえもわずかに見られた。夫とのさえない関係に比べればその可能性は豊穣《ほうじょう》であった。けれど、ある日伝達すべきことが終わった。

別れを告げると、小堀は大げさに悲しみ、それでも寝る前に甘い囁《ささや》きを送信し続けた。

小堀を好きだという感情は、パソコンがフリーズしたときのように心に貼りついてはいた。だが、それでどうなるわけではない。文明も恋愛も感情ではどうにもならない局面を迎える。

だが、小堀はそのような文明の終わりを決して認めない。小堀にとって文明の終わりは文明の死であり絶望であるらしい。奇妙だな、とカオリは思う。終焉は形式美として素敵なことのはずなのに、小堀はそんな美は存在しないかのように何度でも甘い言葉を繰り出す。

「いつか、いつか君の夫から君を奪い返すよ」

奪うという概念が、まずズレている、とカオリは感じる。まずカオリは夫のものではないし、べつに夫を愛してもいない。ただ、選び取った〈現状維持〉は「情」よりもっと直接的に「生きる」に直結している。何の装飾もない、がらんどうの、何か。がらんどう、というと虚《むな》しい響きがするだろうか。だが、がらんどうは脱げない。自分とあまりにも切り離せない切実な身体性をもったもの。がらんどうから「奪う」など無理な芸当だ。

なのに小堀は「いつか」と言う。小堀は満たされていない。あれほどの完璧な、美しい瞬間を共有しながら。かつてやんわりと距離を置く旨を伝えたが、「カオリさんの気持ちはよくわかった。今夜の月はきれいだよ。それだけ伝えたいんだ」とメッセージが届いた。

「よくわかった」とは虚しい言葉だな、と思った。恋愛は文明ほど潔くなれないものらしい。

カランカラン。グラスの中の琥珀色が、薄まってきた。もう耐えがたい。

着信。時刻は真夜中の二時。直接話す気だ。話すべきか？　うんざりした気持ちになる。小堀に対するうんざりか。恋愛の終わりに払われない敬意へのうんざりなのか。

どちらでも同じことか。カオリは文明の終わりに敬意を払いたい。だからこそ、伝達の終わりは終わりとして、終わりらしく終わりにしておきたいし、それこそが文明を活《い》かすということでもあると思っている。仕方なく、話す体勢を整える。

「僕は嫌われてしまったのかな……かなしいよ……だけど……」

ちがう、あなたは何もかもはき違えている。でもカオリは黙っている。なぜなら「はき違えている」と伝えることさえ、それもまた伝達だから。伝達が終わっていなければ、文明はまだ続けられるのだが、続けられないのには理由があるのだ。

もしもこの事実を伝えれば、小堀はまた「カオリさんの文明と恋愛の理屈、面白かった」などとあれこれ言葉を添えてくるだろう。だがそれ自体が小堀には理解できていないことの証左なのだ。反応がメッセージと受け取られるうちは、文明は文明の死を受け入れない。その歳月が長引けば長引くほど、香りも色も何もかも褪《あ》せていってしまうのに。

「カオリさん、きっと月を見てるんだろ？　僕もそうさ。あのときと似た月を……」

もうやめてくれないかな。本当に、それ以上の伝達は本当に。でもそう言いかけて心に待ったをかけた。もしもそんなことを言えば、「カオリさんの気持ち、よくわかったよ」と悲し気に言うに違いない。それもまた伝達だ。そして、小堀はそれをもって意思疎通ができたと考える。「よくわかった」と。ちがうのだ。伝達すべきことは本当にもう何もかもないのだ。でもそれは、それほど二人の時間が素敵だったということ。それだけなのだ。

もしもそれを言葉に起こせば、そうすればまた小堀は「あの瞬間はあなたにとって宝石なんだね、嬉《うれ》しいよ、僕も一生あなたとの思いを胸に」とか言い出すかも知れない。ジャイアンツは永久に不滅です、より遥《はる》かにダサくて醜悪なその言葉を口にするかも知れない。

カオリは笑いころげた。カラン、コロン、ピキピキキュー……やがて、音はしなくなった。

「――なんてことを、ウィスキーが考えていたら面白いなって思ったのよね」

私がそう言うと、マスターがしずかに笑った。

「なるほど。〈カオリ〉は香り高きウィスキー、〈夫〉はグラス、〈小堀〉は氷、ですか。たしかに、音の消えるあたりで氷は入れ替えるに限りますね」

それ以上の相槌《あいづち》を控えるマスターに私は改めて好感をもった。私の横に座っている新しい愛人について取り立てて尋ねようともしない。かつて大昔に私と一度だけかわした情事をなかったことにしてくれる大人な男だ。忘れることができる人だけが、永遠を手に入れられる。そのことをマスターはわかっているのだ。隣の男が囁いた。

「あなたは譬《たと》え話まで素敵だ。また会えますよね？　まだ終わりになんかできません」

ああ……早くも、氷を替える季節がきているのかも知れない。ねえどう思う？　マスター。

グリーン、グリーン

もうミチのことは忘れることにした。今年は受験学年だし、親に漫画も取り上げられてゲームアプリだって削除されてしまったのだ。漫画もアプリも許されていないのに、ミチのことを考え続けていたら、ただミチのための余白が増えたみたいじゃないか。それはさすがに受験生には許されないと思う。だからミチを忘れるのだ。可哀想《かわいそう》だから、ミチにもそのことは伝えた。ただ、「忘れることにした」とは言わなかった。もう会えない、くらいの言い方で。学校帰りだった。僕らは傾斜のある畑の、薄緑と深緑を繰り返す景色の中にいた。その連続線のなかで、僕とミチの黒い二点だけが動いていた。風はなく、鴉《からす》の鳴き声さえ聞こえなかった。ただ、時折地震なのかもっと小さな地殻変動か、大地がわずかに隆起したりした。それから時折ごおおおおおっとすごい音がした。

「わかってくれる？」と尋ねると、ミチは今にも泣き出しそうな顔をしながらも、「わかった」と言ってくれた。「高校受験に受かったら、また会えるよね」というので、そうだね、たぶん会える、と答えた。本当にまた会えるかどうかなんてわからなかったけど。僕はミチのことを忘れてしまうつもりだから。受験に差し支えるもの。頭の中に残ってしまうんじゃ意味がない。

そうして、僕らはそれっきりになった。そこからは受験勉強に励みに励んだ。僕はその間勉強以外のことは考えなかった。そのうち、以前誰かと愛し合っていたというぼんやりとした記憶だけが残り、やがてその「愛し合っていた」という輪郭までもが曖昧になっていった。

真夜中に、何度か電話が鳴っては切れた。そのたびに何かが頭の中でバチンと音を立てはするけれど、もう誰が何のために鳴らしているのかまでは考えないようになった。

受験が終わってすぐ戦争が始まった。戦争は空間と時間とをめちゃくちゃにした。僕は大学へ行く前に老年を経験し、幼児に戻ってようやく成人式を迎えなければならなかった。

成人式は僕の園服のポケットの中で行なわれ、孫の結婚式は大学ノートの線の上だった。いつでも最新の時空は、それ以前の時空の《舞台》となって大風呂敷を広げた。その混沌《こんとん》にはじめは頭が追いつかなかったが、繰り返すうちに、だんだんに慣れていった。

もはや誰と同級なのか、わからなかった。みんなそれぞれの時空概念に生きている。時おりまったく違う年齢になった同期に出会って気まずい思いをしたりもした。しかしこのような混沌にあって、確かなことが一つ。忘却だ。忘却したものは、混沌からも完全にはじき出される。だから、受験勉強の際に僕が忘れた何かは、その後の混沌の中で急浮上してくるようなことはないのだった。これは忘却にだけ許された特権といえた。

ある時、僕は五十手前のオッサンになっていた。急にオッサンになるものだから身体《からだ》が重たくて動きづらくて、体力を消耗させないためにうつらうつらと昼寝をして過ごした。キッチンでトントンと大根を切る音がする。どうやら妻がいるらしい。僕はまどろみながら自分の恰好《かっこう》を薄目でたしかめた。薄緑と深緑のストライプのポロシャツを着ているみたいだ。そのポロシャツの下にはでっぷりとした腹が隠されていた。

ああかっこわるい、早くべつの時代がやってこないかな、と思う反面、こんなにでっぷり腹を突き出して許されるなら、なかなかいい御身分じゃないか、とも思った。今は今を楽しもう。ビールも飲めるし、賭け事だってやれる。そうだよな、だってこの腹だもの。それくらいの自堕落な暮らしをやってこそだよ。僕は夢と現実を彷徨《さまよ》いながらそんなことを考える。僕が息を吸い込むたびに、腹が膨らんで、ストライプの線がうごめく。

その時、僕はポロシャツのストライプ柄の二色の隙間を、二つの黒点が移動していることに気づく。最初アリのように見えたそいつらは、あの日の僕と、あの、えぇと、あの子だった。

彼女がなぜ俯《うつむ》き加減で、涙を浮かべながらあとをついてくるのか僕にはわからない。二人は段々畑を歩きながら、もう受験だから会えないとかそんなことを話し合っている。風ひとつなく、めずらしく鴉の一羽もいやしない。ただし、大地が時折隆起する。僕が息を吸い込むときに、腹が突き出るからだ。そして時折、ごぉおおっと鳴る。もちろん五十手前の僕のいびき。あの日の二人は、五十手前の僕の腹のうえで、永遠の忘却を刻んでいたのだ。

「ねえそろそろごはんよ」

僕を揺り起こす声がする。べそをかいている段々畑の少女の声と似ているようにも聞こえるけど、気のせいかな。覚醒。もうそれはただの薄緑と深緑のストライプのポロシャツに戻った。その上を歩く二つの黒点もない。僕は妻に答えて重たい身体をゆっくりと起こした。

「わかったわかった、今行くよ、ミチ」

プラネタリウム

久々の帰省はいいところ一つなかった。近所のおじさんたちはすでに私が東京で何をしているのか知っていて、好奇の目を向けていた。これだから田舎《いなか》って嫌。缶ビールを買って路上で開けた。母は嫌そうな顔をしたけれど注意の言葉を飲み込んで「じつは排水溝の修理に急遽《きゅうきょ》三万円くらいかかるのよ……」と言う。お金を渡してあげた。

「ありがとう、本当に助かるわぁ。さすがああいう仕事はたくさん稼げるんだね」

私は何も答えなかった。毒親《どくおや》という言葉が私は好きではない。うちの親など、毒を通り越しているけれどそれが何なのか。関係を断つか続けるか、その二択しかないのではないか。

故郷だって同じこと。ゴミのような故郷が嫌なら、帰省しなければいい。二度とこの地の土を踏まないという選択だってできたはずなのに、私はそうしなかった。母が自宅に引き上げていくと、私は缶ビール片手にぶらぶらと町内を歩いた。

「ひなの、戻ってたのか」と声をかけてきたのは、幼馴染《おさななじみ》の哲夫《てつお》。乙山《おとやま》の麓《ふもと》にある花屋の息子で、大学卒業後はUターンして実家の花屋を継いだと聞いている。

「久しぶりね、哲夫。元気？」

哲夫はあの頃と変わらぬ笑顔を向けてきた。

「乗らないか？　いい場所に連れてってやるよ。せっかくだし、話もしたいからさ」

少し迷った。迷惑をかけたくない。躊躇《ためら》っていると、哲夫は助手席のドアを開けた。

「さあ、早く。時間はあるんだろ？　見せたいものがあるんだ」

私は彼に言われるがままに助手席に乗った。軽トラはすぐに走り出した。昼間から酒臭い私をどう思っているのかわからないけれど、哲夫は私を労《ねぎら》った。

「あれこれ余計なこと言う人も多いだろうけど、がんばれよ。職業に貴賤《きせん》なしだぜ」

「やっぱ知ってたんだね……。町のおじさんたちとか、すごいじろじろ見てきて、ああ本当に見世物にされてるんだなってよくわかった」

「みんなの欲望を受けとめる立場だからね。捌《は》け口みたいに言う奴《やつ》もいるけど、俺は偉いなぁと思うよ」

捌け口、か。ちょっと前に「性の捌け口」という発言で叩《たた》かれた芸能人がいたっけ。いまはどんな言葉だって炎上する。自分への差別めいた目も、世間的にみれば町の人たちのほうが非難されるくらいなのだ。

　車が停《と》まったのは、乙山の下を流れる乙元川《おともとがわ》の河原だった。石のごつごつした場所で、哲夫は道具を取り出し料理を始めた。カレーだ。すぐにいい匂いがしてきて、一時間後にはもう出来上がっていた。私たちはそれを食べてお腹《なか》いっぱいになった。その後で、今度は缶ビールを出してくれた。陽《ひ》はゆっくり暮れていき、やがて真っ暗になった。

　会話はゴムボールみたいに弾んだ。共通の友人のあれこれ、かつての教師の悪口、いまの仕事の悩みなどなど。このまま高校時代に帰れたらどんなにいいかと思った。

「ほんとはさ、おまえの家に行って、誘おうとしてたんだ。そしたら偶然会えた」

「そうだったんだ……そういえば、見せたいものって、何？」

　哲夫は空を指さして、「これだよ」と言った。満天の星が、呼吸を止めそうな美しさで私が見上げるのを待っていた。

「高校の遠足で、プラネタリウムに行った時、『贅沢《ぜいたく》だよね』って言ったの覚えてる？　ここなら、あのプラネタリウム並みの星空が見られるから、いつか連れてきたかったんだ」

「ありがとう……哲夫……」

このままここにずっといて、哲夫と幸せになる道もあるのではないか。そんな気持ちにすらなった。でも、それはダメなのだ。私には仕事がある。それに哲夫、一つ勘違いしてるよ。私がプラネタリウムを贅沢だと言ったのは、星々を隅々まで管理できていること。あの日から、私は地上の星をどう管理するか真剣に考えるようになった。

「哲夫、ありがとう。今日のこの空、絶対に忘れないよ」

「よかった……一つだけお願いが……いや、やっぱやめよう」

言葉を引っ込めてくれたことに感謝した。でもわかってしまった。本当は哲夫はここに別のお願いがあって連れてきたのに違いない。恐らく、乙山に道を通して市場へのアクセスをよくしてほしい、とか何とか。女性初の内閣総理大臣になった私にならば、できないことはない。何しろ「国民の奴隷として働く」と謳《うた》って議員に当選したのだから。

「道路整備でしょ、大丈夫。町長に意見書を出しておいて。近いうちに実現するから」

遠くからヘリコプターの音が聞こえてきた。どうやら、官邸から迎えがきたようだ。

本書のプロフィール

本書は、小学館文庫のために書き下ろされた作品です。

小学館文庫

超短編《ちょうたんぺん》！ ラブストーリー 大《だい》どんでん返《がえ》し

著者 森《もり》 晶麿《あきまろ》

二〇二二年十一月九日 初版第一刷発行

発行人 石川和男

発行所 株式会社 小学館
〒一〇一－八〇〇一
東京都千代田区一ツ橋二－三－一
電話 編集〇三－三二三〇－五九五九
販売〇三－五二八一－三五五五

印刷所 ——— 大日本印刷株式会社

この文庫の詳しい内容はインターネットで24時間ご覧になれます。
小学館公式ホームページ https://www.shogakukan.co.jp

ISBN978-4-09-407199-3